www.tredition.de

AF197411

Hansjürgen Wölfinger

Das Haus
unten am Fluss

Roman

www.tredition.de

© 2018 Hansjürgen Wölfinger
Umschlag, Illustration: Hansjürgen Wölfinger

Verlag & Druck: tredition GmbH, Hamburg

ISBN
Paperback   978-3-7469-6040-1
Hardcover   978-3-7469-6041-8
e-Book   978-3-7469-6042-5

Das Leben ist,
warten auf den Tod.

(Hansjürgen Wölfinger)

1

Wie jeden Morgen, gegen sieben Uhr, und das schon seit über zwanzig Jahren, stand Dr. Alexander Hemmelskamp auf, um das Frühstück für sich und seiner Frau herzurichten.

Nach dem Duschen und Anziehen begab er sich zur nahegelegenen Bäckerei.

»Guten Morgen Herr Doktor.«
Wie jeden Morgen begrüßte ihn die etwas dickliche nette Bäckersfrau mit einem angenehmen Lächeln. Sie durfte in seinem Alter sein, also kurz vor der Rente.
Ebenso wie jeden Morgen lag die Tüte mit den Croissants und den duftenden Brötchen bereit.
Mit einem »Vielen Dank und noch einen schönen Tag«, verabschiedete er sich mit einem ebenso charmanten Lächeln.

Zu Hause angekommen, saß seine Frau Lieke, im Morgenmantel am Küchentisch.
»Guten Morgen mein Schatz«, begrüßte sie ihn.
Der Duft des frisch gebrühten Kaffees, füllte den gesamten Raum.

»Guten Morgen. Warum bist du denn schon auf? Du hättest doch noch etwas schlafen können.«

»Ich konnte nicht mehr schlafen. Es ist ein so wunderschöner Junimorgen. Da kann ich doch nicht so lange im Bett liegen.«

»Hast du wieder Kopfschmerzen?«

»Ja, fast die ganze Nacht. Erst als ich Iboprofen genommen habe, wurde es etwas besser.«

»Du Arme. Du solltest unbedingt zu einem Arzt gehen, und dich gründlich untersuchen lassen. Versprich mir das.«

»Das habe ich mir vorgenommen. Sobald mein Fall abgeschlossen ist, lasse ich mir einen Termin geben. Versprochen.«

Ein undefinierter Gesichtsausdruck huschte über sein Gesicht, und einen Moment wirkte es, als ob er noch etwas dazu sagen wollte.

Er drehte sich um, und holte noch die fehlenden Teller und Tassen aus dem Schrank.

»Kaffee hast du auch schon zubereitet.«

Sie nickte, und öffnete die Tüte mit den herrlich duftenden Brötchen um sie dann in ein Körbchen zu legen.

Wortlos blickte er auf den Tisch und überlegte.

»Marmelade und Butter. Das fehlt noch.«

»Entschuldige, ich …«

»Du musst dich nicht entschuldigen. Seit Jahren bin ich dafür zuständig. Schließlich will ich dich ein bisschen entlasten«, unterbrach er sie.

Lieke lächelte dankend.

»Hast du die beiden Zeitungen auch mitgebracht?«, fragte sie, nachdem Alexander ihr im Vorbeigehen einen Kuss auf die Stirn gehaucht hatte.

»Ja, sie liegen noch auf der Kommode im Flur. Ich bringe sie mit, wenn ich schon unterwegs bin.«

Lieke legte sehr großen Wert darauf, das Wiesbadener Tagblatt und den Wiesbadener Kurier zu studieren.

Als Staatsanwältin war es für sie wichtig, das tägliche Geschehen rund um die Landeshauptstadt zu erfahren.

»Hast du einen neuen Fall oder bist du noch mit dem alten Fall mit der Kindesmisshandlung beschäftigt?«

»Ja, die Kindesmisshandlung. Es ist ein schrecklicher Fall.«

»Oh Gott. Schrecklich. Das arme arme arme Kind.«

»Ich habe vor ein paar Tagen neue Akten bekommen. Heute beginnen die letzten Verhandlungstage.«

»Lass es nicht so sehr an dich herankommen. Denke an den letzten Fall. Wie sehr er dich so sehr mitgenommen hat.«

Lieke nickte, und nahm sich ein Croissant.

»Habt ihr viel zu tun?«

»Ja, Unmengen. Zum Glück sind alle anwesend. Du weißt, Zähne braucht jeder«, sagte der Zahnarzt und lächelte.

Lieke sah ihn an und lächelte abwesend.

Nach dem Frühstück begab sich Lieke immer als erste aus dem Haus, um in aller Ruhe zum Amtsgericht zu fahren. Von ihrer Stadtvilla in Sonnenberg nahm sie die Mainzer Straße, die um diese Uhrzeit noch nicht so stark frequentiert war.

Alexander hatte es nicht so eilig. Als Inhaber einer großen Zahnarztpraxis mit drei angestellten Zahnärzten und etlichen Helferinnen, nahm er sich die Freiheit heraus, als Letzter aufzutauchen. Das war nicht immer so. In den Anfangsjahren hatte er bis zur Erschöpfung gearbeitet. Er durfte mit Fug und Recht stolz auf seine Leistungen sein.

Er hatte sich vorgenommen, maximal noch drei oder vier Jahre zu arbeiten, um dann mit dreiundsechzig oder vierundsechzig in Rente zu gehen.

Lieke war ein Jahr jünger, und würde dann ebenfalls in Pension gehen können.

So hatten sie es sich vorgenommen.

Gegen neun Uhr machte sich auch Alexander auf den Weg zur Praxis.

Er hatte es nicht ganz so weit wie seine Lieke.

Bis zur Taunusstraße waren es gerade mal vier Kilometer.

Eigentlich hätte er auch laufen können. Doch seine Knie machten nicht mehr so mit, wie er sich das oft wünschte. Vielleicht lag es daran, dass er in seiner Jugend in München sehr viel Sport getrieben hatte, und dabei fast keine Sportart ausließ.

Wenn er seine Augen schloss, hörte er noch heute die Stimmen seiner Eltern, die ihn ermahnten, mehr Leistungen in der Schule anzustreben, statt Sport zu treiben.

Das Schicksal wollte es, dass bei einem Skiunfall das Band und der Meniskus seines linken Knies riss.

Danach blieb ihm nichts übrig, als kürzer zu treten.

Von da an blieb automatisch mehr Zeit für die Schule übrig.

Nach einigen Missverständnissen in seiner Lebensweise, besann er sich für die schulischen Leistungen und für seine Zukunft.

Seine schulischen Leistungen stiegen rapide an, und er schloss sein Abi mit 1,2 ab.

Mit neunzehn Jahren studierte er dann sogar schon an der LMU München Zahnmedizin.

Elf Fachsemester waren damals für ihn eine lange Zeit, eine sehr lange Zeit.

Immer wieder war er in Versuchung aufzugeben.

Seine Eltern beschworen ihn mit Engelszungen durchzuhalten.

Vater arbeitete als selbständiger Installateur Tag und Nacht, um für den Sohn das zu ermöglichen, wofür sie selbst nie die Chance hatten.

Ihrem Sohn, dem einzigen Kind, sollte es an nichts fehlen.

Mama führte den Haushalt und arbeitete im Büro des eigenen Installationsbetriebes.

Beide starben, als er zwanzig wurde.

Für ihn folgten nun bittere Wochen und Monate.

Er konnte den Verlust seiner geliebten Eltern nicht so einfach verkraften.

Da er nie daran dachte das Geschäft zu übernehmen, verkaufte er schweren Herzens das Geschäft an den ältesten Gesellen.

Das große Wohnhaus behielt er allerdings.

2

Kurz vor dem Ende seines Studiums hatte ihn sein holländischer Freund Erik zu einer Geburtstagsfeier eingeladen. Der Holländer studierte damals in München Volkswirtschaftslehre. Zu seiner Feier hatte er eine Blondine eingeladen, die man als junger Mann ohne große Erfahrungen einfach nicht übersehen konnte.

Sie hielt ein Glas Sekt in der Hand, und sah irgendwie gelangweilt aus.

Alexander stand am Fenster und verfolgte jede ihrer Bewegungen. Erik, der neben dieser blonden Fee stand, winkte seinem Freund lachend, zu ihm zu kommen.

»Das ist Lieke und das ist Alexander«, sagte er schmunzelnd. Eine kürzere Vorstellung war fast unmöglich. Typisch Erik schmunzelte der deutsche Freund in sich hinein.

»Und das ist meine Freundin Beeke«, ergänzte Lieke die Vorstellung ihres Bruders.

Alexander und Beeke gaben sich mit einem schüchternen Lächeln die Hand.

Nachdem Erik sich wieder seinen anderen Gästen zugewandt hatte, wurde Alexander mutig.

»Gefällt es ihnen nicht?«, fragte er mit klopfendem Herzen. Eine bessere Frage fiel ihm im Moment nicht ein.

»Was soll mir nicht gefallen?«

»Na hier, das Ganze. Die Leute – und so.«

»Oh, nein. Ich war nur in Gedanken«, sprach sie in ihrem reizenden holländischen Akzent.

»Sie sind Holländerin?«

»Wieso, hört man das?«, fragte sie und lachte süffisant.

»Nein, überhaupt nicht«, log Alexander mit gespitzten Lippen und schüttelte dabei den Kopf.

Das Eis war gebrochen. Beide lachten und prosteten sich zu.

»Sind Sie eine Freundin oder sind Sie mit meinem Freund verwandt?«

»Sie gehen aber ganz schön ran.«

»Nein, entschuldigen Sie. Ich wollte …«

»Das war nur Spaß. Erik ist mein Bruder. Wir sehen uns nur ganz selten.«

»Was sind Sie von Beruf? Entschuldigung. Jetzt fang ich schon wieder an.«

»Ist schon gut. Ich studiere Jura. Stecke mitten im Examen.«

»Und ich studiere Zahnmedizin im letzten Semester also im Wintersemester und stecke mitten im Staatsexamen. Deshalb bin ich etwas im Stress.«

»Oh Gott, Zahnmedizin?«

»Wieso, was ist denn daran so schlimm?«

»Wenn ich an meinen letzten Termin denke.«

»War es denn so fürchterlich?«

»Ich habe höllische Angst davor. Obwohl ich mich immer zusammennehme, zittere ich am ganzen Körper. Wenn dann alles vorüber ist, schäme ich mich dafür, wie ich mich wieder angestellt habe. Aber ich denke, du wirst ein ganz toller Zahnarzt.«

»Danke, ich werde mir Mühe geben. Versprochen. Wie lange musst du noch studieren?«

»Ich habe auch nur noch ein Semester vor mir. Zum Glück.«

»Studierst du auch hier in München?«

Beeke, die sich nicht in das Gespräch eingebunden fühlte, mischte sich suchend unter die Geburtstagsgäste.

»Nein in Groningen. Deshalb sehe ich meinen Bruder so selten.«

»Was ist mit deinem Bruder?«, bemerkte Erik grinsend, der das Gespräch zufällig mitgehört hatte.

Lieke errötete leicht und gab ihrem Bruder einen kräftigen Schubser in die Rippen.

»Aua, sei nicht so brutal«, lachte er mit gespielter Leidensmiene.

Erik nahm sein Glas und stieß mit beiden an.

»Wo ist denn deine Freundin geblieben?«

Lieke sah sich um und war erstaunt.

»Gerade eben war sie noch da. Sie wird schon wiederkommen.«

»Auf unsere Freundschaft«, kicherte Erik und hielt dabei theatralisch seine linke Seite.

»Jawohl, ein Hoch auf die deutsch-niederländische Freundschaft«, lachte Alexander.

»Alex ist ein toller Typ«, flüsterte Erik seiner Schwester ins Ohr und grinste verschmitzt. Sie bekam tiefrote Wangen.

»Na dann schau ich mal nach deiner Freundin«, sagte ihr Bruder sehr betont – und verschwand.

Alexander sah Lieke mit verträumten Augen an.

»Wie lange bleibst du noch hier?«

»Heute ist Freitag. Leider nur bis Sonntag. Ich muss am Montag wieder zur Uni.«

»Schade. Und was machst du morgen?«

»Ich übernachte, wenn ich darf, hier in Eriks Wohnung.«

»Das geht klar«, sagte Erik, der mittlerweile zurückgekehrt war.

»Was steht bei meinem Schwesterherz morgen auf dem Plan«, wollte er Alexander zuvorkommen.

»Ich weiß noch nicht. Ich wollte mir die Stadt ansehen.«

»Wenn das keine versteckte Einladung ist«, lachte Alexander in sich hinein. Und laut säuselte er: »Ich könnte dich begleiten, wenn du willst.«

»Ja gerne. Ich freue mich darauf. Ich wollte immer mal den Englischen Garten anschauen.«

»Das Wetter passt prima. Es soll trocken bleiben. Dann lass uns morgen dorthin gehen.«

Lieke wippte mit den Beinen.

»Ich freue mich darauf. Entschuldigt mich jetzt bitte, ich muss mal für kleine Mädchen.«

Erik grinste erfreut über das Date seiner Schwester mit seinem besten Freund.

»Was! Warum grinst du so blöd?«

»Lass mich doch grinsen. Ich freue mich für euch. Das ist alles.«

»Ich will ihr nur eine Freude machen, mehr nicht.«

»Ja, natürlich, was denn sonst«, lächelte Erik verschmitzt.

Alexander winkte ab und boxte seinem Freund auf den Oberarm.

»He, nicht auch noch da. Mein blauer Fleck weiter unten reicht schon.«

Lieke kam von der Toilette zurück, und sah ihren Bruder sich heftig seinen Arm reiben.

»Hast du dir wehgetan?«

»Nein, nein. Alles in Ordnung. Habe mich nur gestoßen.«

Es wurde noch ein sehr langer feuchtfröhlicher Abend.

Alexander war auch nicht mehr in der Lage nach Hause zu fahren, und so übernachtete er, wie Lieke, in Eriks feudaler Wohnung direkt am Englischen Garten im Tivoli-Park.

Am nächsten Morgen zeigte der Verliebte Lieke Münchens Sehenswürdigkeiten. Leider konnte er zeitmäßig nur ein Teil davon zeigen.

Am späten Nachmittag fuhren sie wieder zurück zu Erik.

Lieke erstattete ihrem Bruder Bericht und schwärmte von der Stadt.

»Ich muss unbedingt wiederkommen. Es war so schön, mal in Ruhe etwas von München zu sehen, die du einmal als „die schönste Stadt der Welt" bezeichnet hast«, sagte sie ihrem Bruder.

»Und? War Alex ein guter Stadtführer?«

»Oh ja. Er war herrlich. Es war schlichtweg himmlisch.«

Lieke himmelte Alexander an, worauf dieser verlegen wegsah.

Erik hielt es offensichtlich für angebracht, glucksend von sich hinzubrummeln:

»Er war herrlich. Er war himmlisch. Soso.«

Als er den strafenden Blick seiner Schwester sah, fragte er sie laut:

»Wann fährst du wieder zurück?«

»Morgen, ganz früh.«

»Schon?«, fragte Alexander traurig.

»Morgen geht es weiter in der Uni. Bei dir doch bestimmt auch. Oder?«

»Ja natürlich, klar. Hatte es ganz vergessen.«

Alle drei unterhielten sich noch bis spät am Abend und versprachen, sich öfters zu treffen.

Alexander versuchte den Abschied von Lieke lange hinauszuzögern, aber irgendwann kam doch der schmerzliche Augenblick.

»Ich begleite dich noch hinaus«, hörte er Lieke sagen, während er sich von seinem Freund verabschiedete.

»Machs gut Erik, wir sehen uns.«

Erik nickte und gab seinem Freund einen Klaps auf den Rücken.

Lieke begleitete Alexander zur Tür.

»Ich hoffe, dass wir uns bald wiedersehen«, sagte sie und gab ihm die Hand. Es war eine grazile Hand; die leicht zitterte.

»Ich komme dich besuchen. Ganz bestimmt.«

Er nahm Lieke in seine Arme, und gab ihr einen zarten Kuss auf die Wange.

Ehe er sich versah, hatte sie ihm mit einem verschmitzten Lächeln einen Kuss auf den Mund gedrückt.

Angenehm irritiert erwiderte Alexander diesen Kuss.

Sie nahmen sich erneut in die Arme.

Der nächste Kuss ließ nicht auf sich warten.

Es sollte nicht der letzte Kuss in ihrem Leben sein.

Alexander stieg in seinen Wagen und startete.

Lieke winkte ihm so lange nach, bis er hinter der Biegung verschwand und nicht mehr zu sehen war.

Nur dem Motorengeräusch konnte sie noch eine Weile lauschen.

Auch dieses immer leiser wurde. Bis dann endlich ganz zu verstummen.

Am nächsten Morgen verabschiedete sich auch Lieke von ihrem Bruder.

Sie musste wieder nach Groningen zurück, um weiter zu studieren.

Lange musste sie an Eriks Freund denken.

Alexander und Lieke telefonierten und schrieben sich Briefe, viele Briefe.

Der Kontakt riss nie ab.

3

Ende Februar 1980, beendete Alexander sein Studium mit dem Staatsexamen.

Eine unsichtbare Kraft zog ihn nach Groningen, um seine Lieke zu überraschen.

Von Moosach fuhr er mit dem alten Mercedes seines verstorbenen Vaters, auf die Autobahn gen Norden.

Nach etwas über acht Stunden, müde in Groningen angekommen, suchte er Liekes Wohnung in der Hoekstraat.

Nach einigem vergeblichen Befragen von Passanten fand er endlich die Straße und einen Parkplatz.

Völlig steif stieg er aus dem Wagen und reckte sich stöhnend.

Seine Tasche beließ er noch im Auto, nur den Blumenstrauß, den er vorsichtshalber mit nassem Papier in eine Frischhaltetasche verstaut hatte, nahm er mit, und klingelte an der Tür.

»Ja, hallo», tönte es krächzend aus dem Lautsprecher.

»Hier ist Alex.«

»Wie is daar? Met wie spreek ik?«

»Lieke, ich bins, Alexander.«

Es dauerte eine Weile.

Der Lautsprecher gab ein kratzendes Geräusch von sich.

Dann kam endlich der erlösende Satz:

»Alex, du? Mein Gott. Komm rauf.«

Mit einem quäkenden Ton sprang die Tür auf und mit klappernden Schritten kam Lieke Alexander stolpernd entgegen.

Mit sicherem Griff fing er sie auf.

Sie umarmten und küssten sich.

»Ach ist das eine herrliche Überraschung. Wieso bist du hier?«, fragte sie aufgeregt mit roten Wangen.

»Ich habe endlich mein Staatsexamen, und wollte das unbedingt mit dir feiern.«

»Ich freue mich, dass du da bist. Komm rein.«

Sie hakte sich bei Alexander unter und gemeinsam stiegen sie hoch in den zweiten Stock.

Lieke hatte eine kleine Wohnung mit zwei Zimmern.

Eine richtige Mädchenwohnung. Sauber, aufgeräumt und sie roch nach ihr.

Ihre Eltern zahlten die Miete, so konnte sie sich, ohne Störungen von Mitbewohnern, voll auf ihr Studium konzentrieren.

»Das ist eine schöne Wohnung.«

»Danke. Ohne die Hilfe meiner Eltern wäre das nicht möglich. Ich bin sehr dankbar dafür. Leider habe ich nicht so eine herrliche Wohnung wie mein

Bruder. Naja. Die kann er sich auch leisten – bei seinem Nebenjob.«

Alexander legte seine Hand liebevoll auf ihre schmale Schulter.

»Das glaube ich dir. Irgendwann wirst auch du eine Wohnung haben, die dir gefällt.«

»Ich bin zufrieden, so wie es jetzt ist. Komm, setz dich. Willst du was trinken? Ich habe aber leider nur Wasser und Limo.«

»Wasser wäre prima. Apropos Wasser. Ich habe da was, die brauchen auch etwas Nasses«, sagte er und kramte in der Frischhaltetasche und wickelte die weißen Rosen aus dem immer noch recht nassen Papier.

»Oh, die sind aber schön. Woher weißt du, dass ich weiße Rosen liebe? Das wissen eigentlich nur wenige.«

»Wozu hat man gute Freunde«, schmunzelte Alexander.

»Vielen Dank, Bruder.«

Lieke hob ihre rechte Hand, küsste ihren Zeige- und Mittelfinger und streckte sie in die Höhe.

»Jetzt bist du also ein Zahnarzt. Hast du schon eine Anstellung?«

»Nein. Im Moment noch nicht. Jetzt möchte ich zuerst einmal ausschnaufen. Erst danach suche ich in aller Ruhe einen interessanten Job. Hier in München ist das ja bestimmt kein Problem. Das hoffe ich.«

Fast übergangslos fragte er:

»Und du bist Anwältin, wie mir Erik erzählt hat. Gratuliere.«

»Danke. Recht hast du. So werde ich es wahrscheinlich auch machen. Wann bist du eigentlich losgefahren?«

»So gegen sieben Uhr.«

»Da warst du aber flott unterwegs.«

»Kein Wunder. Ich habe immer deine schönen blauen Augen vor mir gesehen. Am liebsten hätte ich fliegen wollen.«

»Du Schmeichler. Ich freue mich so, dich hier zu sehen. Hast du keine Tasche dabei? Du bleibst doch hier oder?«

»Übers Wochenende. Wenn ich darf? Die Tasche habe ich noch im Auto.«

»Was für eine Frage, natürlich.«

Lieke war überglücklich und konnte nicht ihren Blick von Alexander losreißen.

Sie liebte ihn.

Wie oft hatte sie an ihren Alexander gedacht; vor allem in den langen Nächten.

Als Alexander am nächsten Morgen aufwachte, sah er sich verwundert um.

Es dauerte etwas, bis er sich erinnerte, wo er sich überhaupt befand.

Lieke war nicht im Bett.

Er stand auf, ging in das kleine Bad und duschte sich.

In der Zwischenzeit war Lieke vom Einkauf zurück, und deckte den Tisch.

Alexander kam in die kleine Küche und sah sie verwundert an.

»Guten Morgen, Herr Zahnarzt«, begrüßte sie ihn lächelnd. Sie ging auf ihn zu und küsste ihn zärtlich.

»Guten Morgen, Frau Anwältin. Als ich aufwachte, musste ich mich erst einmal orientieren, wo ich eigentlich bin. Zum Glück war es kein Traum. Ich bin wirklich bei dir.«

»Es ist die Wirklichkeit und ich bin glücklich, dass es kein Traum ist.«

Sie frühstückten hastig, denn plötzlich hatten ihre Körper wieder Hunger aufeinander.

Lieke war temperamentvoll aber gleichzeitig zärtlich. Und sie war ausgehungert. Schließlich bestand ihre Liebe in den letzten Wochen nur aus vielen Telefonaten und Briefen.

Nach dem zweiten Frühstück zeigte Lieke ihrem gut aussehenden Gast ihre ehemalige Uni und sie erkundeten ausgiebig das Städtchen.

In einem kleinen Restaurant, in der Stadtmitte, hielten sie an.

»Wann sehen wir uns wieder?«, fragte sie wehmütig.«

»Wieso fragst du, wann wir uns wiedersehen. Ich bin doch erst angekommen.«

»Ich kann es nicht glauben, dass du bei mir bist. Deshalb frage ich schon mal im Voraus.«

»Gut, dann sage ich dir schon mal im Voraus: Wann immer du willst und wann immer du kannst.«

Nach einer kurzen Pause fügte er hinzu:

» Wann suchst du dir einen Job als Anwältin?«

»Ich weiß es noch nicht. Ich muss erst einmal etwas Geld verdienen. Das Studium war recht teuer. Ich habe noch Schulden. Dann möchte ich auch etwas faulenzen und nichts tun. So wie du.«

»Wie soll es dann weitergehen?«

»Wie meinst du das?«

»Bleibst du hier oder was hast du vor?«

»Ich weiß noch nicht. Es hängt auch von uns ab.«

Sie machte eine vielsagende Pause, um leiser fortzufahren:

»Wenn ich einen guten Job in Deutschland bekommen könnte, dann hielt mich nichts davon ab, gerne zu dir zu ziehen.«

»Genau das habe ich mir auch gedacht. München ist eine sehr schöne Stadt. Ich käme auch zu dir nach Holland. Das wäre kein Problem für mich. Ich denke, wir warten mal ab, was das Schicksal noch mit uns vorhat. Und das mit deinen Schulden. Ich könnte dir unter die Arme greifen und dir was vorstrecken. Du musst nur ja sagen, dann werde ich alles in die Wege leiten.«

»Nein, nein. Das kommt gar nicht in Frage. Du brauchst dein Geld auch.«

»Wie du weißt, habe ich das Geschäft meiner Eltern verkauft, und ich habe genug Geld für uns beide. Ich bestehe darauf, dir etwas abzugeben. Du kannst es mir ja irgendwann wieder zurückgeben. Musst du aber nicht.«

Lieke sah Alexander nachdenklich an und schüttelte den Kopf.

»Also gut, aber ich bestehe darauf, es dir wieder zurückzugeben, sobald ich mein eigenes Geld verdiene.«

»Lasse uns nicht über Geld reden. Wir lieben uns doch. Oder? Und irgendeinen miesen Übergangsjob solltest du dir auch nicht suchen«, sagte Alexander mit einem ernsten Gesichtsausdruck und fuhr fort:

»In dieser großen und herrlichen Stadt werden immer gute Anwälte gesucht. Wann würdest du kommen können?«

»Ich müsste das erst mit meinen Eltern absprechen. Und dann brauche ich noch eine Wohnung in München.

»Das wäre ja noch schöner. Du weißt doch, dass ich eine große Wohnung in einem noch größeren Haus habe. Da lasse ich dich nicht einfach so in eine fremde Wohnung einziehen«, unterbrach er sie aufgeregt.

»Wann wäre es dir recht?«

»Wie du willst oder kannst.«

»Jetzt haben wir Anfang März. Ich benötige noch etwas Zeit um meine Sachen zu erledigen und zu packen. In einem viertel Jahr?«

»Also sagen wir mal Anfang Juni.«

»Genau. Das wäre ideal. Wenn es dir recht ist.«

Alexander holte tief Luft.

»Sag doch nicht immer „wenn es dir recht ist". Natürlich ist es mir recht und brenne direkt darauf, dich in meiner Nähe zu haben.«

»Ist das nicht etwas zu schnell geplant?«, fragte Lieke und verzog ihren Mund.

»Zu schnell? Ich finde es genau zur richtigen Zeit. Bitte zweifle nicht daran. Du wirst sehen, wir schaffen das.«

»Gut. Dann machen wir es so. Ich freue mich ja auch riesig darauf.«

Lieke und Alexander redeten und schwärmten die ganze Nacht von ihren Zukunftsplänen.

Über ihre zukünftigen Berufe, über das Haus und über ihre Kinder.

Natürlich sollten es ein Mädchen und ein Junge sein. Das war doch klar.

Sie konnten nicht wissen, dass alles ganz anders kommen sollte.

Viel zu schnell ging das Wochenende zu Ende.

Alexander verabschiedete sich innig von Lieke und fuhr zurück nach München.

4

Als Alexander in seiner Praxis ankam, begrüßte ihn seine erste Helferin Gaby.

Die Mutter von zwei erwachsenen Kindern, war von Anfang an dabei.

Sie war seine erste und loyale Helferin.

Loyalität ist die Fähigkeit, in guten wie in schlechten Zeiten zu jemandem zu stehen und sich voll und ganz für ihn einzusetzen.

Genau das schätzte er so an ihr. Obwohl sie sich schon so lange kannten, und Alexander ihr das DU angeboten hatte, bestand sie darauf, ihn weiterhin zu siezen; mit der Begründung:

„Sie sind der Chef und ich Ihre Angestellte".

Also blieb es bis heute dabei.

»Chef, was machen Sie denn schon hier?«, fragte seine liebgewonnene Perle, während sie weiter herumwuselte.

»Mir war es langweilig, und deshalb dachte ich mir: Ach, gehe heute schon mal früher in die Praxis, um die liebe Gaby etwas zu ärgern.«

Beide lachten und Alexander begrüßte alle anderen Angestellten.

Seine Stellvertreterin, Dr. Eva Korgaschwilli war, wie Gaby Hellmich, von Anfang mit von der

Partie.

Bis zur Praxisöffnung war es noch eine Weile hin und so gab es wie jeden Morgen, ein kleines Briefing aller Mitarbeiter.

Bei Gaby erkundigte er sich, was heute auf der Tagesordnung stand.

»Ich glaube es wird heute wieder sehr hektisch werden. Viele Nachuntersuchungen und eine kleine Kieferoperation.«

»Den Kiefer macht Dr. Wolf«, fiel ihr Hemmelskamp ins Wort.

Heinz Wolf nickte und notierte etwas auf seinem Block.

»Ansonsten haben alle Ärzte ihre Anmeldungen für den Tagesverlauf erhalten. Zum Schluss, hat sich wieder Frau Schallenbeck angesagt. Sie hat ausdrücklich verlangt, nur von Ihnen behandelt zu werden.«

»Ja, ich weiß, sie hatte mich schon zweimal angerufen. Um welche Uhrzeit?«

»Um 10:30.«

»Gut, sonst noch etwas, was ich unbedingt wissen sollte?«, fragte er in die Runde.

»Nein, eigentlich nicht.«

»Prima, dann fangen wir mal an.«

Gegen 10:20 meldete sich Rose Schallenbeck an der Anmeldung bei Annette Keller.

Rose war die sehr attraktive Witwe des Baumoguls Karl Schallenbeck.

Vor etwa einem Jahr war die Endvierzigerin in die Praxis gekommen und sich sofort in Alexander verliebt.

Sie hatte ihn angebaggert. Er biss nicht sofort, aber nach einer Weile kräftig an.

So entwickelte sich eine stetige Liebesbeziehung, die bis heute anhielt.

»Ist Herr Doktor …«

Weiter kam sie nicht, denn Alexander betrat den Raum zum Rezeptionsbereich.

»Hallo, liebe Frau Schallenbeck. Folgen Sie mir bitte.«

Lächelnd folgte sie ihm. Jeder wusste, dass Alexander und sie sich duzten, und grinsten heimlich.

Gaby hatte im zweiten Zimmer alles zur Nachuntersuchung vorbereitet.

Nochmals begrüßte Alexander Rose Schallenbeck mit belanglosen Floskeln.

Gaby band ihr ein Papiertuch um den Hals und legte das Besteck zurecht.

»Es steht heute nur eine kleine Nachbehandlung auf dem Plan. Haben Sie Beschwerden?«

»Nein, alles in Ordnung. Alles prima.«

»Haben Sie sich nun für eine Implantation der drei Zahnlücken entschieden? Wir haben auch festgestellt, dass ein Knochenaufbau bei ihnen nicht erforderlich ist. Wie ich ihnen bei unserem Gespräch schon erklärte, Implantate ermöglichen je nach Wunsch eine festsitzende Versorgung. Das heißt, Sie erhalten einen Zahnersatz „wie eigene Zähne".«

»Ich denke, das wäre die beste Lösung.«

»Dann sollten wir schnellstmöglich damit anfangen. Vom ästhetischen Gesichtspunkt sollte gerade die vordere Zahnlücke schnellstens geschlossen werden.«

»Das stimmt, es stört mich beim Reden oder Lachen. Ich muss immer eine Hand vor den Mund halten. Das ist mir sehr unangenehm«

»Gut, dann wären wir für heute fertig. Gaby wird ihnen einen Termin geben.«

Beim Hinausgehen steckte sie Alexander einen Zettel in die Kitteltasche. In seinem Büro nahm er ihn heraus und las was darauf stand.

„Kommst du heute Abend zu mir?"

Lange schaute er aus dem Fenster auf die vorbeifahrenden Autos.

Schon vor Wochen wollte er seine Beziehung zu dieser übergriffigen Frau beenden.

Schluss auch mit den Lügen und den Unehrlichkeiten.

Er wollte Lieke nicht mehr anlügen, nicht mehr betrügen.

Heute wollte er sich endgültig von Rose verabschieden. Adieu sagen und für immer verschwinden.

Er wusste, dass sie ihm eine Szene machen würde; hysterisch werden konnte.

Sie würde ihn wieder erpressen, drohen seiner Frau alles zu erzählen, aber das musste er dieses Mal in Kauf nehmen.

Es war ihm egal, wie sie reagieren würde, denn er hatte sowieso vor, seiner Frau alles zu beichten.

Er war es müde.

Müde immer wieder neue Ausreden erfinden zu müssen.

Einfach nur müde; von allem.

Letztendlich ging es auch darum, wie ehrlich wir zu uns selbst sein können.

Er wollte seiner Frau endlich wieder ehrlich in die Augen sehen können.

Er durfte all die schönen unkomplizierten Jahre nicht vergessen. Er wollte zum unbelasteten Alltag zurückkehren – und einen Neuanfang wagen; ohne die alten Ressentiments.

Es lag in der Natur des Geistes, dass Gedanken auftauchen, die an der Richtigkeit des bisherigen Handelns zweifeln lassen.

Doch jedes Ende sollte zugleich auch ein neuer Anfang sein.

Mit dem Ende einer Beziehung muss ein neuer Lebensabschnitt beginnen. Schließlich endet damit nicht das ganze Leben.

Und auch wenn das Ende zunächst schmerzhaft erscheint.

Ein Neuanfang nach einer Trennung kann wunderschön werden; das Leben verbessern und glücklich machen.

Aber bevor der Neuanfang beginnen kann, ist es wichtig, mit der alten Beziehung völlig abzuschließen.

Er musste sich überwinden, endlich das zu beenden, was für lange Zeit eine Lüge war.

Eine Lüge gegen sich selbst und vor allem gegen Lieke.

Einen Neuanfang mit dem Menschen eingehen, den man einmal sehr geliebt, und mit der Zeit unendlich enttäuscht hatte.

Alexander wollte einfach nur wieder neben Lieke sitzen, sie in den Arm nehmen, sich in Gedanken verlieren; einfach nichts tun.

Nichtstun.

Einfach nur dahin sinnieren, alles von sich zu strecken, Geist und Körper so richtig fallen und die Zeit vorbeiziehen zu lassen, ohne dabei auf die Uhr sehen zu müssen. Das würde er wieder so gerne tun.

Er hatte überhaupt nicht gemerkt, wie Rose ihn immer mehr von Lieke entfernt hatte.

Er empfand nichts mehr für Rose, auch nicht, als sie nach längerer Pause wieder anfingen, miteinander zu schlafen.

In den zurückliegenden Wochen dachte er zunehmend nur noch an Lieke.

Wie hatte er sich nur mit Rose einlassen können? Genaugenommen hatte er es nie vorgehabt.

Rose hatte ihn ganz langsam auf ihre Seite gezogen. Als ihm bewusst wurde, wie unfair er sich Lieke gegenüber verhalten hatte, war es zu spät.

Den Zeitpunkt, das Verhältnis zu lösen, hatte er stets verpasst.

Heute würde er zum letzten Mal zu Rose gehen.

Egal, was passieren sollte.

Er musste endgültig Schluss machen.

Inmitten seiner Gedanken klingelte sein Handy.

»Hast du meinen Zettel gelesen?«

»Ja. Ich muss mit dir reden.«

»Dann rede.«

»Nicht jetzt. Heute Abend. So gegen sechs.«

»Ich freue mich auf dich.«

»Ja, ich auch. Tschüss«, log er.

Alexander legte, ohne auf eine Antwort zu warten, auf.

Er ging zu Gaby und erkundigte sich nach den nächsten Patienten.

Fast wie in Trance erledigte er schneller als sonst, seine Aufgaben.

Gaby wunderte sich und musste ihn oft, und für sie ungewohnt, auf einzelne Handgriffe, aufmerksam machen.

Sie merkte, dass mit ihrem Chef etwas Ungewöhnliches vor sich ging, konnte sich aber nicht erklären was.

»Chef, geht es Ihnen nicht gut?«, fragte sie nach dem letzten Patienten.

»Doch, doch. Alles prima.«

Gaby sah ihren Chef ungläubig an und verließ das Behandlungszimmer.

Alexander verabschiedete sich von seinen Angestellten und verließ die Praxis.

Er fuhr in das nahegelegene Dambachtaler Villenviertel um sich für immer und endgültig von Rose zu trennen.

Die weiße Hausfassade glänzte in der Abendsonne und blendete ihn kurzfristig.

Alexander betätigte die Schließanlage und wartete auf das Summen.

Obwohl sie sich schon so lange kannten, hatte er nie einen Hausschlüssel besessen.

Er wollte es nicht.

Rose saß im Garten und wartete schon sehnsüchtig auf ihn.

»Warum bist du heute so früh?«

Alexander gab ihr keine Antwort.

Ging auf sie zu und küsste sie auf die Wange.

»Oh, so förmlich heute? Möchtest du was trinken?«

»Nein danke. Ich möchte mit dir reden.«

Rose sah ihn verdutzt an und nippte nervös an ihrem Glas.

»Ist was mit dir? Was gibt es zu reden? Setz dich doch bitte, du machst mich ganz nervös.«

»Ich möchte stehen bleiben.«

Alexander sah Rose in die Augen.

Sie begann nervös an ihrer Serviette zu nesteln.

»Rose, ich verlasse dich«, platzte es direkt und ohne Umschweife aus ihm heraus.

»Waaas? Sage das bitte noch einmal«, krächzte sie verdutzt.

»Du hast mich schon verstanden.«

»Du kannst mich nicht verlassen. Du gehörst zu mir. Das kannst du mir nicht antun«, schimpfte sie laut und sehr wütend.

»Es tut mir leid Rose, aber es muss sein. Ich kann es nicht mehr.«

»Das lasse ich nicht zu. Ich werde alles deiner Frau erzählen.«

»Das kannst du tun. Ich habe Lieke von uns erzählt.«

Sie wusste nicht, dass er log. Aber das war ihm egal.

Er würde Lieke noch heute alles beichten.

Rose stand entsetzt auf und hielt Alexander am Arm fest.

»Bitte, mach keine Szene. Ich werde jetzt gehen. Es war eine schöne Zeit mit dir, aber jetzt muss ich wieder zurück zu meiner Frau.«

»Du bleibst hier. Du kannst mich nicht verlassen. Wir gehören zusammen«, kreischte die Frau. Ihre Gesichtszüge erinnerten fast an eine Fratze.

Alexander schob energisch ihre Hand von seinem Arm und drehte sich zur Ausgangstür.

»Du bist ein Arschloch. Ich werde es dir heimzahlen. Ich werde dich fertigmachen.«

Er drehte sich nicht mehr zu ihr um, sondern ging.

Er hörte sie noch lange fluchen und hysterisch schreien. Nachdem er die Tür leise hinter sich geschlossen hatte, fuhr er mit seinem Auto Richtung Sonnenberg.

Alexander zitterte am ganzen Körper.

Sein Zittern übertrug sich auf das Lenkrad.

Dementsprechend war auch seine Fahrweise unruhig.

Er hielt am Straßenrand an, und versuchte sich zu beruhigen.

»Alles in Ordnung. Das hast du gut gemacht.«

Er sprach sich Mut zu. Es half. Er wurde immer ruhiger und konnte seine Fahrt fortsetzen.

Zu seinem Haus waren es gerade mal sechs Minuten. Die eiserne Tür zu seinem Anwesen öffnete sich langsam und er stellte das Auto in die Garage.

Lieke war schon zu Hause. So früh war sie selten da.

Auch sie saß im Garten und las in der Tageszeitung. Sie sah Alexander kommen und stand auf, um ihn zu begrüßen.

»Hallo mein Schatz. Hast du auch schon Feierabend.«

»Ja, ich hatte keine Lust mehr. Es war auch nicht allzu viel los heute. Und du? Hast du deinen Fall abgeschlossen?«

»Nein, noch nicht. Es sind weitere vier Verhandlungstage angesetzt. Willst du was trinken?«

»Danke, Liebling, ich hole mir schon selbst was. Was trinkst du?«

»Einen Roten. Ponce „Clos Lojen". Leicht gekühlt.«

»Der ist gut, den nehme ich auch.«

Alexander holte sich ein Glas und schenkte sich

ein. Lieke musterte Alexander. Sie erkannte seinen inneren Schmerz; kannte sie ihn doch in und auswendig. Nach über dreißig Jahren Ehe wusste sie genau, dass etwas Außergewöhnliches vorgefallen war.

»Was ist mit dir. Was bedrückt dich.«

Er sah sie an und konnte keinen Anfang finden. Wie sollte er beginnen.

»Sag schon, was dich bedrückt. Ich sehe doch, dass du mir was sagen willst.«

Er nahm allen Mut zusammen und begann.

»Ich muss dir was Schreckliches beichten. Ich hatte eine Affäre.«

Lieke sah ihn nur an und sagte nichts. Sie wartete auf das, was noch kommen würde.

»Ich habe etwa vor einem Jahr eine Patientin kennengelernt. Sie erzählte mir, dass ihr Mann verstorben sei und sie jetzt ganz alleine in diesem großen Haus leben würde. Sie kam sehr oft in meine Praxis. So ergab sich, dass wir uns bei ihr trafen. Ich weiß, dass es unverzeihlich war. Aber ich habe es heute beendet. Endgültig. Ich konnte nicht weiter mit dieser Lüge leben.«

Alexander sah Lieke an. Er war über ihre ruhige Haltung erstaunt.

»Ich werde noch heute in ein Hotel ziehen. Der Konsequenzen bin ich mir sehr bewusst. Ich kann nur sagen, dass es mir sehr leidtut. Ich weiß, ich kann mein Fehlverhalten nicht rechtfertigen, deshalb glaube ich, es ist am besten so.«

»Ich habe es die ganze Zeit gewusst«, seufzte Lieke leise, ohne ihn dabei anzusehen. »Du kannst nichts vor mir verbergen. Ich habe es dir angesehen und gespürt, dass es eine andere Frau in deinem Leben gab oder gibt. Wie oft habe ich gesehen, wie du dich quälst. Wie du angefangen hast, endlich zu reden, aber dann wieder dein Vorhaben abgebrochen hattest. Ich wollte, dass du es mir sagst, und nicht ich es dir vorhalten muss. Ich bin froh, dass es nun endlich raus ist.«

Alexander starrte Lieke mit aufgerissenen Augen an.

»Du hast es gewusst? Und hast nichts gesagt? Und jetzt?«

»Jetzt trinkst du erst einmal einen Schluck Wein. Dann sehen wir weiter.«

»Das ist alles, was du dazu zu sagen hast? Du schimpfst nicht mit mir?«

»Schimpfen? Du bist doch kein kleiner Junge, der eine Tafel Schokolade gestohlen hat. Du bist fremdgegangen. Du hast mich hintergangen. Du hast mich gedemütigt und beleidigt. Eigentlich könnte ich dich umbringen, aber dennoch liebe ich dich. Ich weiß, welcher Typ hinter dieser Haut steckt. Und deshalb verurteile ich dich jetzt nicht. Unter bestimmten Umständen hätte mir das auch passieren können. Denke nicht, dass ich zu gutmütig bin. Nein, ich war und ich bin lediglich sehr traurig. Es wird eine Zeit geben, in der ich dir verzeihe. Nur - vergessen werde ich es nie.«

Alexander konnte Lieke nicht ansehen. Er sah in die Weite des Gartens.

Tränen kullerten über seine Wangen.

Gedankenlos wischte er sie mit seinem Handrücken fort.

Schweigend saßen sie nun da, und warteten bis einer das Gespräch fortführen würde.

Mitten im gemeinsamen Schweigen, klingelte Liekes Handy.

»Hallo, spreche ich mit Frau Doktor Hemmelskamp?«

»Ja, die bin ich.«

»Ich will es kurz machen. Ich habe ein Verhältnis mit ihrem Mann.«

»Haben Sie oder hatten Sie?«

Für eine Weile war es still in der Leitung.

Nur das schwere Atmen auf der anderen Seite der Leitung war zu vernehmen.

»Haben Sie meine Frage verstanden?«, bohrte Lieke nach.

»Ja, ja. Ich habe Sie verstanden. Ich hatte ein Verhältnis mit Ihrem Mann. Bis heute.«

»Schön. Und was wollen Sie mir jetzt damit sagen? Sind Sie sauer, weil mein Mann die Beziehung beendet hat? Oder was wollen Sie mir eigentlich mitteilen? Meine Liebe, ich weiß schon lange von Ihrem Verhältnis mit meinem Mann. Das ist nichts Neues für mich. Sie hätten sich den Anruf sparen können. Rufen Sie mich nie wieder an. Leben Sie wohl.«

Ohne auf eine Antwort zu warten, legte sie auf und warf das Handy ärgerlich auf den Tisch.

Alexander konnte nicht glauben, was er gerade vernommen hatte. Er starrte erstaunt und verlegen zu Lieke hinüber.

»So, mein Liebling. Damit ist dieses Thema für mich ein für alle Mal beendet. Die Realität hat an unsere Tür geklopft. Nein, sie hat sie kräftig eingetreten. Wenn du einverstanden bist, werden wir auch kein einziges Wort mehr darüber verlieren. Was hältst du davon?«

»Ja, einverstanden«, willigte Alexander aufgelöst ein und nahm einen kräftigen Schluck aus seinem Weinglas.

»Die Liebe ist so zerbrechlich. Deshalb müssen wir in Zukunft sehr gut auf sie aufpassen«, sagte Lieke und beugte sich zu Alexander, um seine Hand zu ergreifen.

Ein Schmerz fuhr durch seinen Körper und er zuckte kurz zusammen.

»Einverstanden. Danke. Ich schäme mich. Das wird nie wieder passieren. Das verspreche ich dir.«

Plötzlich griff Lieke griff mit der anderen Hand an ihren Kopf. Dabei verzog sie ihr Gesicht.

»Ist was? Hast du Schmerzen?«, fragte Alexander besorgt.

»Nein. Ist schon in Ordnung. Nur ein kleiner Kopfschmerz, wie immer. Ist schon wieder vorbei«, log sie.

»Soll ich eine Schmerztablette holen?«

»Nein, lass nur. Ich habe immer welche in meiner Tasche.«

Lange Zeit saßen sie Hand in Hand und schwiegen.

Alexander hatte den Atem des Schicksals nicht gehört.
Er hatte überhört, dass sie „wie immer" gesagt hatte – und dass sie immer Schmerztabletten in ihrer Tasche mit sich trug.

Er, hätte es hören müssen!

5

Inzwischen waren über drei Monate vergangen.

Beide hatten nie wieder über Alexanders Affäre gesprochen.
Lieke verhielt sich so, als sei es nie geschehen.

Alexander konnte Rose nicht ganz aus dem Weg gehen.
Wann sie sich einmal über den Weg liefen, grüßte er sie freundlich. Das Weib erwiderte seinen Gruß mit einem hasserfüllten Blick.
Irgendwie war es verrückt. Dieser Blick war es, dass er sich wieder glücklich fühlte.
Diese Beziehung hatte ihn fast krankgemacht.
Lieke hatte ihm verziehen. Sie lebten und liebten sich wieder wie zuvor.

An einem frischen Oktobermorgen 2015, eigentlich wie an jedem Morgen, bereitete Alexander das Frühstück.
Zuvor holte er frische Brötchen vom Bäcker und nahm die Zeitungen aus dem Kasten.
»Ich werde dich ruinieren«, hörte er eine helle hysterische Stimme.

Erschrocken blickte er in die Richtung, aus der sie kam.

Rose stand neben einem Baum und sah ihn hasserfüllt an.

»Hast du gehört? Ich ruiniere dich. Ich bringe dich um.«

»Was denn nun ruinieren, töten oder beides. Du musst dich schon entscheiden«, erwiderte er und lächelte süffisant.

»Ja lache nur. Das Lächeln wird dir noch vergehen.«

Ohne jede Reaktion ging er weiter zu seinem Haus.

Rose schrie noch einige unflätige Ausdrücke hinterher. Die schwere eiserne Eingangstür schloss langsam hinter ihm und er schlenderte demonstrativ gemächlich den Weg entlang zum Haus.

»Was war denn das für ein Geschrei?«, fragte Lieke.

»Du wirst es nicht glauben. Es war Rose, die mich vor unserem Eingangstor abgepasst hatte und arg beschimpfte. Sie würde mich ruinieren und töten. Ihr Gesicht wirkte wie eine Fratze. War erschreckend anzusehen.«

»Die ist doch verrückt, die spinnt doch.«

»Lass sie doch. Ich nehme es nicht so ernst.«

»Das sind schizophrene Züge. Das musst du ernst nehmen. Wer weiß, was die noch vorhat. Wenn es noch einmal vorkommen sollte, dann müssen wir es der Polizei melden.«

»Jetzt sollten wir nicht überreagieren. Vielleicht war es ja eine einmalige Aktion von ihr.«

»Trotzdem, pass gut auf.«

»Das werde ich tun, versprochen. Nun sollten wir aber endlich frühstücken.«

Ausgiebig frühstückten beide, lasen ihre Zeitungen und verabschiedeten sich jeder in eine andere Richtung.

Lieke fuhr zum Amtsgericht und ging in ihr Büro.

Sie las noch einige Passagen über ihren Fall der Kindesmisshandlung.

Die Ermittlungen dauerten bereits fünf Monate und befanden sich kurz vor dem Abschluss.

Da die Mutter zweimal nicht zur Gerichtsverhandlung erschienen war, mussten die Verhandlungen verschoben werden.

Eine Mutter hatte ihre Tochter, sie ist heute neunzehn Jahre alt, misshandelt und sadistisch gequält.

Nach den vielen Jahren der Misshandlung gelang es dem Mädchen, sich einer Tante anzuvertrauen und ihr ihre Leidensgeschichte zu erzählen.

Die Tante stellte daraufhin Strafanzeige bei der Polizei.

Nach den bisherigen Ermittlungen wurde die Mutter angeklagt ihr Kind über Jahre hinweg misshandelt zu haben.

Wenn das Mädchen sich in die Hose gemacht hatte, musste sie ihre nasse Unterhose über den

Kopf ziehen und so lange aufhalten, bis sie getrocknet war.

Sie wurde stundenlang ohne Essen und Trinken in eine kleine Kammer eingesperrt die weder Licht noch Fenster hatte.

Alle zwei Monate wurden ihr die Haare abgeschnitten oder ihr wurde Salz in ihre Unterhose geschüttet.

Sie wurde in den Unterleib und ins Gesicht getreten sowie brutal auf den Kopf geschlagen.

Es gab noch weiter Misshandlungen, die das schutzlose Kind über sich ergehen lassen musste.

Noch heute leidet die junge Frau an Panikattacken und Depressionen.

Lieke war schon viele Jahre Staatsanwältin und hatte so viele traurige Erlebnisse mit durchleiden müssen. Und jedes Mal weinte sie über so viel Brutalität, die Eltern an ihren Kindern verüben.

Eltern schlugen ihre Kinder mit Teppichklopfern, Kleiderbügeln, Kochlöffeln, Feuerhaken und Kabel-Enden; sie brachen ihnen Arme und Beine oder schleuderten sie auf den Fußboden, gegen Wände und Bettkanten.

Gerichtsmediziner befürchteten, dass auf jeden bekanntgewordenen Fall von Kindesmisshandlung zwanzig unentdeckte kamen. Geschützt von der Verschwiegenheit der Ärzte und von der Gleichgültigkeit der Nachbarn, blieb das barbarische Tun zahlreicher Eltern im Verborgenen.

Die autoritäre Gewalt wurde von den Eltern allzu oft missbraucht. Die eigene Aggression auf die als lästig empfundenen Kinder abzuleiten. Kindliche "Unarten", so etwa Essensunlust, Unsauberkeit, Schreien oder Ungehorsam, dienten als Vorwand:

- Eine 30-jährige Hausgehilfin brach ihrer Stieftochter den rechten Arm, weil das Kind die schon, einmal erbrochene Suppe nicht essen wollte.

- Eine 23-jährige Kellnerin prügelte ihre dreijährige Tochter mit einem Stock auf die Fußsohlen, wenn immer das Kind Bett oder Teppich beschmutzte.

- Ein 26-jähriger Melker tötete seine elf Monate alte Tochter durch Boxhiebe, weil sie schrie.

- Eine 32-jährige Hausfrau schlug ihren fünfjährigen Sohn mit einem Spazierstock zu Tode, weil er im Schlafzimmer herumtobte.

- Ein Baby kam am 2. Oktober 2015 auf die Welt, ein kerngesundes Kind. 19 Tage später wurde es auf sadistische Weise vom eigenen Vater zu Tode gefoltert – wohl aus Eifersucht. Der Mann setzte sich minutenlang auf den Kopf des Kindes, schlug dessen Kopf mehrmals gegen die Tischkante. Die Qualen waren enorm. So verbrühte er den ihm ausgelieferten Säugling schon Tage nach der Geburt mit heißer Milch, missbrauchte ihn sexuell. Das Martyrium am Mordtag dauerte mehrere Stunden. Die Mutter war derweil im Nebenzimmer und gab an, von alledem nichts gemerkt zu haben.

Dies ist keineswegs ein Einzelfall.

Kinder werden täglich Opfer von Gewalt und Misshandlung.

Die Liste der Quälereien ließ sich ewig fortsetzen.

Bei 1.566 Kindern wurde nach Angaben des Statistischen Landesamtes in Hessen 2016 eine akute Gefährdung festgestellt. Wegen Vernachlässigung (840 Fälle), wegen körperlicher (557) oder psychischer (517) Gewalt und wegen sexuellen Missbrauchs (98). Manche Kinder erlebten mehrere dieser akuten Gefährdungen.

Wurden dem Jugendamt gewichtige Anhaltspunkte für die Gefährdung des Wohls eines Kindes oder Jugendlichen bekannt, so hatte es das Gefährdungsrisiko im Zusammenwirken mehrerer Fachkräfte einzuschätzen." - so will es Paragraph 8a des Sozialgesetzbuches. Im Jahr 2016 gab es in Hessen 9.895 Verfahren wegen möglicher Gefährdungen.

Was waren das für Eltern, die ihre Kinder systematisch vernachlässigen, quälen oder sogar missbrauchen? Psychologen sahen immer dasselbe: „Die Eltern waren selbst nie erwachsen geworden, hatten häufig eine infantile Persönlichkeit, mieden Verantwortung und hatten kein stabiles Selbstkonzept."

Im weiteren Prozessverlauf wurden weitere schreckliche Taten von Misshandlungen der Mutter aufgedeckt.

Als es um die schweren Vorwürfe ging, schüttelte die Mutter immer wieder den Kopf.

Liekes Gemütszustand wechselte von Wut über Traurigkeit und Verständnislosigkeit.

Die Mutter rief bei der Vernehmung der Zeugen in ihrer Fäkalsprache oft dazwischen, oder beleidigte Lieke und den Richter.

Nach einigen Zeugenaussagen später beorderte Lieke die Mutter in den Zeugenstand.

Mit verzerrter Mine folgte sie der Aufforderung.

»So wie die Zeugen berichteten, sollen Sie Ihre Tochter derart misshandelt haben, dass sie in der Folge der Misshandlungen und Vergewaltigungen verhaltensauffällig geworden ist. So reagierte sie mit Aggressivität, Angstzuständen und bekam Depressionen.«

»Sie wurde nie misshandelt und sie wurde auch nie vergewaltigt. Was denken Sie denn von mir; Sie blöde Kuh«, schrie sie Lieke zum wiederholten Mal an.

Der Richter ermahnte sie nachdrücklich, dass sie bei weiterer Missachtung des Gerichts, eine Strafe zu erwarten hätte.

Lieke fuhr fort.

»Sie haben doch einige Zeugen gehört. Ihr Ex-Freund hatte ihre Tochter in ihrem eigenen Schlafzimmer zu Sexhandlungen gezwungen und Sie haben alles mit dem Handy gefilmt. Also, können Sie nicht sagen, dass Ihre Tochter nicht vergewaltigt wurde. Sie haben die Aufnahmen gesehen und gehört, wie sich Ihre Tochter verzweifelt und vor Schmerzen schreiend versucht hatte, sich gegen den

Missbrauch zu wehren. Sie haben Ihren Ex-Partner selbst hier erlebt, während Sie bei seinen Aussagen fast emotionslos wirkten und kein Wort der Reue über Ihre Lippen kam, kämpfte der Mitangeklagte bei seiner Aussage mit den Tränen. "Es tut mir unendlich leid. Ich weiß nicht, warum ich das getan habe", hatte er gesagt. Er entschuldigte sich. Sie können sich ganz genau erinnern, dass er Ihnen die Hauptschuld gab. Sie hätten ihn gedrängt und mit Alkohol vollgepumpt.«

»Es hat ihm doch Spaß gemacht«, schrie die Frau wieder dazwischen und der Richter ermahnte sie zum letzten Mal.

Lieke ließ sich durch die Zwischenrufe nicht einschüchtern, denn dazu war sie schon zu lange Staatsanwältin und fuhr mit Ihrer Vernehmung fort.

»Hatten Sie eigentlich vor, die Aufnahmen aus ihrem Handy ins Internet zu stellen? Oder weitere vielleicht auch in den anderen sozialen Medien? Wie YouTube oder Instagram. Wollten Sie das?«

Das Scheusal schaute Lieke gekonnt entsetzt an.

»Nein, was denken Sie denn, was ich für eine Mutter bin? Ich habe meine Tochter geliebt und liebe sie noch immer.«

Die Zuschauer im Gerichtssaal lachten bei der Aussage und der Richter ermahnte sie dies zu unterlassen.

»Haben Sie und Ihr Ex-Freund ihre Tochter gezwungen pornografische Filme anzusehen?«

Die Angeklagte sah Lieke an, als ob sie die Frage nicht verstanden hätte.

»Haben Sie meine Frage verstanden?«, bohrte Lieke nach.

Keine Antwort, bis der Richter die Angeklagte ermahnte auszusagen.

»Ich sage jetzt überhaupt nichts mehr«, murmelte sie trotzig.

»Haben Sie Ihre Tochter ...«

Lieke wirkte plötzlich wie erstarrt.

Sie hielt sich krampfhaft am Tisch fest.

Es gelang ihr nicht, ihre Frage laut zu wiederholen.

Auch der Richter fragte Lieke nach ihrem letzten Satz, den er nicht verstanden hatte.

»Frau Staatsanwältin wie war Ihre Frage? Lieke«, rief er erschrocken in den Saal.«

»Frau Staatsanwältin. Haben Sie mich verstanden?«, wiederholte der Richter.

»Frau Staatsanwältin«, rief er nochmals.

Mit ausdruckslosen Augen starrte Lieke den Richter an.

Fast wie im Zeitlupentempo kippte ihr Oberkörper auf den Tisch, um danach langsam zu Boden zu gleiten.

Alle Zuschauer standen entsetzt auf.

Der Richter sprang erschrocken von seinem Stuhl. Er eilte zu Lieke, um ihr aufzuhelfen.

Da sie bewusstlos war, drehte er sie in die stabile Seitenlage.

»Ein Arzt. Schnell einen Arzt«, rief er aufgeregt.

Der Gerichtsarzt, der als Zeuge geladen war, eilte zu Hilfe.

Er nahm immer seine Arzttasche mit und so konnte er ihr eine Spritze zur Stabilisierung ihres Kreislaufes injizieren.

In der Zwischenzeit war der Rettungswagen angekommen. Sie legten Lieke, die in der Zwischenzeit wieder bei Bewusstsein war, auf eine Trage und trugen sie in den Krankenwagen.

»In welches Krankenhaus bringen Sie sie?«, fragte der Richter einen der Sanitäter.

»In das St. Josefs-Hospital.«

Der Richter nickte und wünschte Lieke alles Gute.

»Bitte informieren Sie meinen Mann«, rief sie ihm noch leise zu.

»Das mach ich«, sagte der Richter nickend

Mit Blaulicht und Martinshorn verschwand der Rettungswagen im Autogewimmel der Mainzer Straße.

Alexander saß im Aufenthaltsraum seiner Praxis und trank eine Tasse Kaffee, als ihn die Melodie seines Handys hochschreckte.

»Was? In welches Krankenhaus wurde sie gebracht?«

Der Richter am anderen Ende der Leitung berichtete ihm, wie es zu Liekes Zusammenbruch gekommen war.

Alexander zögerte keine Sekunde und fuhr, ohne auf die Geschwindigkeitsbegrenzung zu achten, zum Krankenhaus.

Nach etlichen Befragungen und Verirrungen fand er endlich das Krankenzimmer.

Lieke lag in einem Einzelzimmer und schlief.

Er ging leise an ihr Bett, setzte sich auf die Bettkante, nahm ihre Hand und streichelte sie.

Eine Weile saß er da und beobachtete ihr ruhiges rhythmisches Atmen und die unruhigen Bewegungen ihrer Augen unter den Lidern.

Viele Gedanken schwirrten durch seinen Kopf und machten ihn nachdenklich.

»Werde ganz schnell wieder gesund mein Schatz.«

Er stand auf, strich über ihre Wange und verließ das Zimmer.

Er schloss die Tür und suchte nach einem Arzt, aber vergeblich.

»Wie immer, wenn man dringend jemanden braucht, ist keiner zu sehen«, sagte er laut provokant.

Endlich nach langer Suche sah er eine Schwester auf dem Gang und fragte nach dem Chefarzt.

Sie zeigte ihm den Weg zu dessen Büro.

Der leitende Arzt Dr. Reinhard begrüßte Alexander und erläuterte kurz, welche Untersuchungen notwendig waren.

»Wurde sie schon öfters ohnmächtig oder schwindelig?«

»Nicht das ich wüsste. Sie hatte seit einigen Wochen starke Kopfschmerzen und wollte auch deshalb in nächster Zeit einen Arzt aufsuchen. Sonst sagte sie mir nichts, wenn es ihr nicht gut ging.«

Der Arzt nickte nachdenklich und schrieb einiges in seinen Block.

»Wir werden Ihre Frau noch heute eingehend untersuchen. Sobald Sie wieder hier sind, werde ich Sie von unserem Ergebnis unterrichten.«

Alexander bedankte und verabschiedete sich von ihm.

Er schaute noch einmal kurz in Liekes Zimmer.

Dort waren einige Schwestern emsig dabei, die kommenden Untersuchungen vorzubereiten.

Um nicht zu stören, verschwand er wortlos.

Er rief in der Praxis an, um mitzuteilen, dass seine Frau im Krankenhaus ist und er heute nicht mehr kommen würde.

Gaby wünschte gute Besserung und unterrichtete Alexanders Kollegen und das übrige Personal.

Zu Haus angekommen, es war bereits Viertel nach zwölf, musste er sich erst einmal hinsetzen.

Erst jetzt bemerkte er, wie sich sein Herzschlag erhöhte, und meinte ohnmächtig zu werden.

Langsam drückte er sich aus dem Sessel und ging zum Erste-Hilfe-Kasten.

Dort entnahm er eine kleine Flasche Korodin Kreislauftropfen.

In ein Glas Wasser zählte er 15 Tropfen und trank es.

Langsam ging er zurück und legte sich auf die Couch.

Tief durchschnaufend schloss er seine Augen.

Wenige Augenblicke später schlief er ein.

Das Klingeln seines Smartphones schreckte ihn auf und schlaftrunken suchte er nach diesem.

Auf dem Display konnte er den Eintrag „Rose" erkennen und drückte den Anruf kurzerhand weg.

Das ließ sich die Anruferin nicht gefallen und das Handy klingelte erneut.

Alexander sah wie benebelt auf das Display und lauschte der Melodie seines Handys.

»Was willst du?«

»Ich will mit dir reden.«

»Ich habe keine Zeit und mir geht es nicht gut. Außerdem habe ich nichts mehr zu sagen. Es ist alles gesagt.«

»Mein lieber Alex, wenn du nicht sofort zu mir kommst, werde ich zur Polizei gehen und dich wegen Vergewaltigung und Misshandlung anzeigen.«

»Meinst du, dass die dir das glauben werden? Das ist doch lächerlich.«

»Ich werde schon dafür sorgen, dass sie mir glauben. Du wirst schon sehen. Ich würde dir raten, zu mir zu kommen und das schleunigst. Wenn du nicht innerhalb einer halben Stunde hier erscheinst, wird dich die Polizei holen. Darauf kannst du einen lassen.«

Alexander konnte nicht fassen, was da gerade

lief. Er glaubte, in einem falschen Film zu sein.

»Sie wird es tun, da bin ich mir ganz sicher und ich wandere in den Knast«, sagte er leise.

»Bist du noch dran? Die Zeit läuft!«

»Gut, ich komme.«

So wie er war, setzte er sich in sein Auto und fuhr zu Rose.

Dort angekommen klingelte er an der Haustür.

Rose öffnete und stand im Negligé vor ihm.

»Schön, dass du es dir überlegt hast. Komm rein.«

»Was willst du von mir. Ich sagte dir doch, dass es vorbei ist. Es gibt kein Zurück mehr.«

»Was habe ich dir getan? War es nicht immer schön mit uns?«

»Doch, aber es ist nun vorbei. Du musst es einsehen, es gibt keine gemeinsame Zukunft mit uns beiden. Meine Zukunft ist bei meiner Frau.«

»Ich lasse dich gehen. Aber nur, wenn du zum letzten Mal und zum Abschied mit mir schläfst.«

»Das kann ich nicht tun. Das wäre nicht richtig.«

»Nicht richtig? Was denkst du, hast du in den letzten Monaten getan? Da hattest du nicht darüber nachgedacht, ob es richtig ist mit mir zu vögeln. Das hast du gerne getan, ohne nachzudenken. Bist du jetzt plötzlich zum Moralapostel geworden?«

Rose lachte und öffnete ihr Negligé etwas zur Seite, sodass ihre Brüste zu sehen waren.

Sie ging auf Alexander zu und sah ihm tief in die Augen.

Verlegen stand er da und wusste nicht, was er tun oder sagen sollte.

Sie nahm seine Hand und legte sie auf ihre Brust. Alexander versuchte, seine Hand zurückzuziehen. Rose hielt sie jedoch krampfhaft fest.

Er spürte ihre Wärme.

Willenlos ließ er es über sich ergehen.

Er hatte für einen Moment wieder das Gefühl, welches er jedes Mal bei ihr hatte. Das Gefühl des Begehrens.

Das spürte sie und zog ihn langsam in ihr Schlafzimmer.

Zögernd folgte er ihr. Im Schlafzimmer angekommen drückte sie ihn sanft auf das Bett nieder.

Rose entledigte ihn seiner Jacke, seines Hemdes und seiner Hose.

Wie in Trance ließ er alles über sich ergehen.

Er ergab sich seinem Schicksal.

Rose schlüpfte aus ihrem Negligés. Danach zog sie Alexander komplett aus.

Nun lagen sie beide nackt auf dem Bett und Rose strich über seinen Körper und liebkoste ihn.

Sie küsste ihn auf die Stellen, wo er es immer sehr gerne gemocht hatte.

Dieses Mal war es anders. Alexander lag da wie ein Brett und rührte sich nicht.

»Komm, lass es uns wie früher machen. Einmal noch. Du wirst es nicht bereuen.«

»Dann lässt du mich in Ruh. Verstanden? Du lässt mich dann in Ruhe.«

»Ja, habe verstanden. Du wirst dann nie mehr, was von mir hören. Versprochen.«

Alexander nickte und überließ alles Weitere Rose.

Sie ließ ihre Hände über seinen Körper wandern und liebkoste ihn.

»Was ist mit dir, du hast es doch immer so gemocht. Gib dir Mühe.«

Alexander versuchte, nicht an Lieke zu denken, sondern sich auf das Geschehen im Schlafzimmer zu konzentrieren.

Rose hatte ihn nun schon eine Weile bearbeitet.

Sie merkte, dass Alexander so langsam warm wurde und es auch, sowie immer, sichtlich genoss.

Sie setzte sich auf ihn und hörte, wie Alexander leise stöhnte.

„Jetzt habe ich ihn", dachte sie und versuchte, immer wieder den Höhepunkt zu verzögern.

Immer wieder stieg sie von ihm herunter, um seine Lust von neuem zu steigern.

Endlich, blieb sie auf ihm sitzen und forcierte ihre Bewegungen, bis er schließlich kam.

Alexander stöhnte laut und rief laut:

»Oh Gott, oh Gott …«

Sein Herz klopfte wie verrückt und Rose war sichtlich zufrieden.

Genauso hatte sie sich den letzten Verkehr mit ihm vorgestellt.

Vielleicht hoffte sie, dass er es sich nochmals überlegen und doch bei ihr bleiben würde.

Langsam glitt sie von ihm herunter und verhüllte ihren Körper mit einer dünnen Decke.

Sie sah ihn an und grinste hämisch.

Sie kicherte und war sichtlich mit sich zufrieden. Sogar sehr zufrieden.

»Und, war es so schlimm? Es hat doch Spaß gemacht oder?«, fragte sie ihn.

Alexander sah an die Decke und schwieg.

»Zieh dich an. Wir sind fertig«, sagte sie grob, stand auf und ging in das Badezimmer.

Alexander blieb noch eine ganze Weile regungslos auf dem Bett liegen.

Langsam zog er sich an und ging in das Wohnzimmer.

Kurze Zeit später kam Rose hinzu.

»Hast du so rasch geduscht?«, fragte Alexander.

»Mache ich später, wenn du gegangen bist.«

»Dann werde ich jetzt gehen. Wir werden uns nicht mehr wiedersehen.«

»Das glaube ich nicht. Ich möchte, dass wir uns einmal im Monat sehen und uns vergnügen.«

»Was? Ich glaub, du spinnst. Wir waren uns doch einig und du hast es versprochen.«

»Das war gelogen. Ich habe gemerkt, wie schön es mit dir ist und deshalb kann und will ich nicht auf dich verzichten.«

»Nein, ich werde jetzt gehen und du wirst mich nicht mehr wiedersehen.«

Alexander ging langsam zur Tür.

»Dann gehe ich zur Polizei.«

Alexander wurde langsam wütend.

Er drehte sich um und sah sie wild an.

»Ich lasse mich nicht erpressen. Ich werde zur Polizei gehen und dich anzeigen.«

»Was willst du denn gegen mich vorbringen? Im Gegenteil zu dir habe ich alle Trümpfe in der Hand. Du hast mit mir geschlafen, also mich vergewaltigt. Du hast mich misshandelt. Sie werden mein geschwollenes Gesicht sehen. Welche Beweise werden sie noch benötigen, um dich festzunehmen? Na, was denkst du?«

»Welches geschwollene Gesicht?«

»Das hier!«

Rose drehte sich um und schlug ihren Kopf hart gegen die Wand.

Sie krümmte sich und schrie kurz auf.

Alexander erschrak und sprang zu ihr.

»Was machst du? Bist du verrückt?«

»Das war deine Misshandlung. Sie werden mir glauben. Wer sollte dir glauben? Keiner!«

Rose blutete im ganzen Gesicht.

Er stand da und verstand die Welt nicht mehr.

So kannte er Rose nicht.

Das hätte er nie von ihr erwartet.

»Ich werde das nicht akzeptieren. Ich kann es nicht. Ich werde dich verlassen und wir werden uns nie wiedersehen. Jetzt erst recht nicht mehr.«

»Wie du willst, dann werden wir uns auf dem Polizeirevier wiedersehen.«

Alexander ging weiter zur Tür, öffnete sie und verließ das Haus.

Er hörte noch wie Rose hysterisch lachte. Gläser zerbrachen klirrend auf dem Fußboden.

»Was habe ich nur verbrochen?«, fragte er sich bei seiner Heimfahrt.

Er schlug auf das Lenkrad und schrie hysterisch.

Das kleine Männlein im Kopf sagte ihm, dass er doch fremdgegangen war und warum er jetzt auf so hohem Niveau auch noch jammerte.

„Du ganz alleine bist schuld daran und sonst keiner!"

»Hast ja recht. Ich bin schuld an der ganzen Scheiße.«

Das unablässige Geplappere in seinem Kopf wollte nicht verstummen.

»Was wird sie nur tun. Warum macht sie so was. Wie kann ein Mensch nur so böse sein. Ich dachte sie liebt mich. Oder war es nur reiner Egoismus? Wollte sie mich lediglich beherrschen? Oder gar vernichten?«

Er fuhr so langsam, dass die hinter ihm fahrenden Fahrzeuge hupten, an ihm vorbeifuhren und ihm den Vogel zeigten.

Zu Hause angekommen, ging er langsam in den Garten und setzte sich auf die Kante des Springbrunnens.

Dort saß er lange und sinnierte vor sich hin.

Das Klingeln an der Haustüre hörte er nicht.

Erst die lauten Rufe nach seinem Namen ließen ihn hochschnellen.

Er ging zur Gittertür und sah einen Polizeiwagen mit Blaulicht auf der Einfahrt stehen.

»Sind Sie Doktor Hemmelskamp?«

»Ja, der bin ich.«

»Öffnen Sie bitte das Gittertor.«

Jetzt wusste er, dass Rose es ernst gemeint hatte. Sie hatte ihn wirklich bei der Polizei angezeigt.

Die Gittertür öffnete sich gemächlich und drei Polizisten quetschten sich durch.

»Doktor Hemmelskamp, ich nehme Sie hiermit fest. Sie werden beschuldigt Frau Rose Schallenbeck vergewaltigt und misshandelt zu haben. Haben Sie das verstanden? Sie haben das Recht zu schweigen. Alles was sie jetzt sagen kann und wird vor Gericht gegen sie verwendet werden.«

Alexander verstand die Welt nicht mehr.

Er nickte nur und ließ alles mit sich geschehen. Auch das die Handschellen zu fest um seine Handgelenke gelegt wurden, merkte er nicht.

Seine Gedanken kreisten um die unrühmliche Trennung von Rose.

Nach der Verhaftung und auf Antrag der Staatsanwaltschaft Wiesbaden wurde Alexander noch am selben Tag beim Amtsgericht Wiesbaden der zuständigen Haftrichterin vorgeführt.

Die Staatsanwaltschaft prüfte, ob ein Ermittlungsverfahren gegen ihn eingeleitet werden musste.

Die Prüfung der Staatsanwaltschaft würde sich voraussichtlich bis zum nächsten Tag hinziehen, ließ man wissen.

"Im Laufe des morgigen Tages können wir Auskunft darüber geben, ob ein Ermittlungsverfahren gegen Dr. Alexander Hemmelskamp eingeleitet wird, oder nicht." War die Verlautbarung der Sprecherin der Staatsanwaltschaft.

Aus der Untersuchungshaft informierte er seinen Rechtsanwalt Dr. Huber über seine Festnahme.

Noch am selben Tag sprach Alexander mit ihm und berichtete über Roses abscheuliches Vorgehen.

Am Folgetag informierte ihn Dr. Huber davon, was er bislang unternommen hatte.

Er hatte zunächst mit Roses Rechtsanwältin gesprochen.

Erst danach wurde Rose hinzugezogen.

Nach langem Zureden und unter Tränen versicherte Rose ihrer Rechtsanwältin, dass sie die Vorwürfe aus der Luft gegriffen hatte.

Daraufhin beantragte Dr. Huber bei der zuständigen Richterin Alexanders Haftentlassung.

Dr. Huber berichtete Alexander von Roses Wandlung.

»Das ist eine gute Nachricht. Wann komme ich wieder frei?«

»Ich denke im Laufe des Tages. Spätestens morgen.«

»Das ging aber schnell. Ich hatte mich schon mental auf mehrere Tage eingerichtet. Dass sie alles widerrufen hat, ist ein feiner Zug von ihr. Das hätte ich nie von ihr erwartet.«

»Frau Schallenbeck beteuerte, dass sie im Affekt gehandelt habe und sich nicht der Tragweite ihres Tuns bewusst war. Ich soll dir ausrichten, dass es ihr sehr leidtue und sie es bitter bereue.«

»Ich hoffe, dass sie mich jetzt in Ruhe lässt.«

»Du bist aber auch nicht gerade die Unschuld vom Lande, das weißt du. Den Mantel der Mitschuld musst auch du dir anziehen.«

»Ich weiß, aber bitte jetzt keine Moralpredigt. Die kann ich jetzt nicht gebrauchen. Ich hoffe, dass ich nun schnell wieder rauskomme, denn ich muss Lieke besuchen.«

»Wieso, was ist mit Lieke?«

»Sie liegt im Krankenhaus.«

»Das ist neu für mich. Was ist passiert?«

»Sie ist gestern im Gerichtssaal zusammengebrochen. Sie haben sie gestern noch eingehend untersucht. Ich bin auf das Ergebnis gespannt. Hoffentlich ist es nichts Ernstes.«

»Das hoffe ich auch. Überbringe ihr meine besten Genesungswünsche.«

»Danke, werde ich machen.«

Einige Stunden später wurde Alexander aus der U-Haft entlassen.

Dr. Huber fuhr ihn nach Hause.

Er bedankte sich nochmals bei dem Anwalt für die schnelle Erledigung seines Falls.

Alexander machte sich frisch, zog sich rasch um und fuhr in das Krankenhaus.

Dort angekommen sah er, dass Liekes Zimmer leer war.

Aufgeregt suchte er den leitenden Arzt.

Dr. Reinhard saß im Büro und studierte eine Krankenakte.

»Hallo, Herr Hemmelskamp. Bitte setzen Sie sich.«

»Wo ist meine Frau. Das Zimmer war leer.«

»Ihre Frau befindet sich im MRT-Raum. Nachdem ich mich gestern noch eingehend mit Ihrer Frau unterhalten habe und sie mir über ihre fast täglichen Kopfschmerzen, Übelkeit und gelegentliche Schwindelanfälle berichtete, habe ich mich mit meinen Kollegen beraten. Wir sind übereingekommen, sofort eine MRT zu veranlassen.«

»Warum eine MRT? Gibt es denn einen Grund dafür?«

»Es ist eine reine Vorsichtsmaßnahme. Wir können erst genaues sagen, sobald die MRT abgeschlossen wurde.«

Alexander nickte.

»Wann wird sie wieder in ihrem Zimmer sein?«

»Ich denke in etwa zwanzig Minuten.«

»Gut, dann werde ich in der Cafeteria einen Kaffee trinken und später zu ihr gehen.«

Sie verabschiedeten sich auf später und Alexander begab sich in die Cafeteria.

Nach gut einer halben Stunde ging Alexander in Liekes Krankenzimmer.

Leise öffnete er die Tür.

Sie lag mit geschlossenen Augen in ihrem Bett.

Er trat auf Zehenspitzen zu ihr.

Doch Lieke hatte ihn schon wahrgenommen.

»Hallo, mein Schatz. Endlich bist du da. Ich habe dich so vermisst.«

Alexander nahm einen Stuhl und stellte ihn ganz dicht an ihr Bett.

»Ich konnte leider nicht früher kommen. Es kam etwas dazwischen.«

»Du siehst müde aus. Hast du nicht gut geschlafen?«

»Nein, nicht so gut. Aber reden wir nicht von mir. Wie geht es dir? Wie fühlst du dich?«

»Jetzt etwas besser. Ich bekomme Schmerztabletten gegen die Kopfschmerzen. Bin gerade von der MRT gekommen. Das Ergebnis will uns Reinhard mitteilen.«

»Heute noch?«

»Ja.«

»Seit wann hast du solche Kopfschmerzen und warum hast du mir nie etwas davon gesagt? Warum?«

»Es sind ja nicht nur die Kopfschmerzen. Was mir Angst machte, waren die Konzentrationsschwächen. Es war oft so schlimm, dass ich sogar Ausfälle hatte. Ich wusste oft gar nicht, wo ich war und was ich gerade gemacht habe.«

»Und du hast mir nie etwas davon gesagt. Das finde ich nicht richtig.«

»Du hättest doch auch nichts machen können.«

»Ich hätte dich viel früher zu einem Arzt gebracht.«

»Du hast ja recht. Jetzt bin ich ja hier.«

»Hoffentlich.«

»Aber zu dir. Was ist mit dir mein Liebling. Du siehst so traurig aus. Irgendetwas stimmt doch nicht mit dir.«

»Doch, doch. Alles in Ordnung. Nur müde. Einfach nur müde.«

»Du lügst. Entschuldige, wenn ich es so direkt formuliere. Ich sehe es dir an, dass was nicht stimmt. Du weißt, du kannst mir nichts vormachen.«

Alexander wusste, dass er seiner Frau nichts verheimlichen konnte. Aber war es der richtige Zeitpunkt ihr über seine gestrige Festnahme zu erzählen? Es gab bei Lieke keinen richtigen oder falschen Zeitpunkt.

Es gab nur den Zeitpunkt in Liekes zeitlichem Bezugssystem.

»Du wirst mir sowieso keine Ruhe geben. Es ist mir etwas sehr Peinliches passiert. Rose hatte mich gestern angerufen und mir gedroht, wenn ich nicht sofort zu ihr käme, die Polizei zu verständigen und ihr eine Vergewaltigung meinerseits anzuzeigen. Ich lachte sie aus und danach schlug sie ihren Kopf so heftig gegen die Wand, dass sie blutete. Ich verließ sie. Später kam die Polizei zu mir nach Haus und nahm mich fest. Man hat mich in U-Haft gesteckt. Am anderen Morgen kam Huber und holte mich wieder raus. Rose hatte alles widerrufen. Das wars.«

Um Lieke nicht allzu sehr aufzuregen, verschwieg er, dass Rose in gezwungen hatte, mit ihm zu schlafen.

Er wollte es ihr zu einem späteren Zeitpunkt beichten.

Das versprach er sich.

Lieke schaute ihn durchdringend an.

Jetzt sprach die Staatsanwältin:

»Ach du meine Güte. Jetzt wird sie wegen übler Nachrede nach § 186 StGB und wegen falscher Verdächtigung nach § 164 StGB angeklagt werden. Da ist sie selbst schuld. Das macht man nicht.«

»Das ist ganz alleine ihre Schuld. Warum hat sie das getan. Ich habe sie nicht vergewaltigt. So was tut man nicht. Hoffentlich bekommt sie eine saftige Strafe.«

Alexander drückte Liekes Hand und küsste sie innig.

»Ich wünsche uns beiden, dass es dir bald wieder bessergeht. Hoffentlich ist es nichts Schlimmes.«

Kaum hatte er es ausgesprochen, erschien Dr. Reinhard und etliche andere im weißen Kittel.

»Wir haben das Ergebnis der MRT. Wir sollten uns in aller Ruhe unterhalten.«

Das hörte sich nicht gut an.

Lieke und Alexander ahnten nichts Gutes.

Sie streckte dem bleichen Arzt beide Arme entgegen.

»Sagen Sie mir nur die Wahrheit. Alles andere werden wir sehen.«

Dr. Reinhards Augen wanderten von Lieke zu Alexander.

Er setzte sich zu Lieke auf den Bettrand am Fußende. Er suchte nach ihrer Hand.

»Frau Hemmelskamp, so wie es aussieht leiden Sie vermutlich an einem Glioblastom Grad 4.«

»Was ist denn das?«, fiel Alexander ihm ins Wort.

»Das ist ein Tumor im Gehirn. Das Glioblastom gehört zu den primären Hirntumoren, die unmittelbar vom Gewebe des Gehirns ausgehen. Es ist der häufigste und bösartigste Tumor aus der Gruppe der Astrozytome und kommt bevorzugt im höheren Lebensalter vor. Er entwickelt sich aus dem Stützgewebe der Nervenzellen. Es handelt sich dabei um eine bösartige Form von Krebs, die schnell wächst. Bei einem Glioblastom Grad 4 sind die Heilungschancen gering; sehr gering, um genau zu sein. Leider. Ich möchte aber weitere Untersuchungen abwarten. Dies ist das, was wir auf den ersten

Aufnahmen gesehen haben. Das ist die Wahrheit und ich bin der Ansicht, dass der Patient Anspruch auf die Wahrheit hat und auch verdient.«

Es herrschte Totenstille.

Man hätte eine Nadel fallen hören.
Es war, als ob alle die Luft anhalten würden.
Lieke sah zu Alexander und auf die Anwesenden, die ihre Köpfe gesenkt hielten.
»Danke für die Wahrheit. Es ist mir sehr wichtig, zu hören, wie es um mich gestellt ist. Wie Sie sagten, warten wir die nächsten Untersuchungen ab. Erst dann sollten wir über die weiteren Vorgehensweisen sprechen. Einverstanden?«
»Ich lasse Sie erst einmal alleine. Wir werden uns später nochmals über alles unterhalten.«
Dr. Reinhard verabschiedete sich und verließ mit seinem Assistenten und den anderen Mitgekommenen den Raum.
Lieke und Alexander sahen sich schweigend an.
Sie hielten sich innig die Hände und konnten das alles nicht so richtig einordnen.
»Was heißt das jetzt? Sterbe ich? Oder was geschieht mit mir?«
»Wir sollten das nächste Gespräch mit Reinhard abwarten. Vielleicht haben sie sich geirrt. Es ist vielleicht doch nicht so ernst, wie er es sagte. Wir sollten wirklich abwarten.«
Lieke konnte nicht mehr.

Sie weinte herzzerreißend.

Alexander nahm sie in seine Arme und versuchte sie zu trösten.

Langsam, sehr langsam beruhigte sie sich wieder und wischte ihre Tränen.

»Warum hast du mir nie etwas gesagt, wenn es dir mal nicht so gut ging.«

»Ich wollte dich nicht auch noch damit belasten. Es reichte doch, wenn es mir nicht gut ging.«

»Das grenzt an Egoismus. Wir werden es gemeinsam schaffen.«

Lieke nickte ihm lächelnd zu.

Alexander sah in ihre blauen Augen und musste an damals denken, als er Lieke in Holland besuchte.

Er würde nie vergessen, wie aufgewühlt er wieder nach München gefahren war, um dort sein Studium zu beenden.

Lieke versprach damals gleich nach ihrem Studium nach München zu ziehen.

Die Vergangenheit zog in Sekundenschnelle, wie in einem Stummfilm, vorbei.

Den heutigen Tag, empfand er als den traurigsten seines Lebens.

6

Im Juni 1980 kam, wie verabredet, Lieke nach München.

Alexander hatte schon alles hergerichtet.

Er kaufte extra für sie noch einen zweiten Kleiderschrank.

Gegen halb zwölf landete der Flug von Amsterdam nach München.

Alexander wartete nervös mit einem Blumenstrauß in der Hand.

Endlich sah er ihre blonden langen Haare wehen.

Er winkte hektisch und rief ihren Namen.

Lieke ließ alle ihre Taschen fallen und rannte auf ihn zu. Sie umarmten und küssten sich stürmisch vor Freude.

»Endlich bist du da.«

»Ich freue mich und bin überglücklich, hier zu sein«, sagte sie in ihrem holländischen Akzent, den er so vermisst hatte.

»Ich bin happy.«

Mehr brachte er nicht heraus.

Sie sammelten Liekes Koffer und Taschen ein und beförderten sie mit dem Wagen zu Alexanders Auto.

»Du hast ja immer noch den alten Mercedes deines Vaters.«

»Der ist doch noch gut in Schuss. Ich liebe ihn. Hat mich noch nie im Stich gelassen. Es ist ein tolles Auto.«

»Ich liebe ihn auch«, lachte sie und klopfte auf den Kotflügel.

Langsam fuhren sie zu seinem Haus nach Sendling.

Dort angekommen, zeigte Alexander Lieke den Garten und das Haus.

»Das ist ja ein riesiges Haus.«

»Wir haben alle darin gewohnt, auch meine Großeltern. Für mich, besser gesagt für uns, ist es viel zu groß. Wir können auch nur einen Bruchteil davon nutzen.«

»Verkaufe es doch und kaufe dir ein kleineres Haus.«

»Darüber habe ich auch schon nachgedacht, aber es ist mein Elternhaus. Ich überlege es mir. Wir haben ja noch Zeit.«

Alexander trug die Koffer in das Haus.

Lieke staunte immer mehr über die vielen Zimmer.

»Komm, setzen wir uns in den Garten. Was möchtest du trinken? Wasser, Cola, Bier, Saft?«

»Cola wäre prima.«

Alexander besorgte die Getränke und sie machten es sich auf den Gartenmöbeln bequem, die in der Nähe des Gartenbrunnens standen.

»Du hast es wunderschön. So viele Bäume und so viel Grün. Einfach toll.«

»Ja, Sendling ist wunderschön. Der Tierpark Hellabrunn ist auch in der Nähe. Ich bin sehr gerne hier.«

»Das glaube ich dir. Bist du der erste Akademiker in eurer Familie?«

»In meiner ja, aber der Bruder meiner Mutter, du wirst es nicht glauben, ist auch Zahnarzt. Er hat eine Praxis in Wiesbaden. Ich war oft bei ihm und es hat mich damals schon gereizt, Zahnarzt zu werden.«

»In Wiesbaden? Wie kommt er denn da hin?«

»Ganz einfach, meine Mutter ist in Wiesbaden geboren. Sie hat meinen Vater während eines Urlaubaufenthaltes, kennengelernt. Es war ein toller Zufall. Genaues kann ich dir leider nicht sagen. Sie haben kaum darüber geredet. Und wie sieht es bei dir aus?«

»Ich bin nicht die erste Studierte in unserer Familie. Meinen Bruder kennst du ja bereits. Ihr seid ja Freunde. Meine Mutter und mein Vater stammen beide aus Amsterdam. Meine Mutter ist Juristin und mein Vater Apotheker. Du wirst sie hoffentlich bald kennenlernen. Sie wollen unbedingt den Kerl beschnuppern, der ihre Tochter entführt hat.«

»Ich bin auch ganz gespannt auf deine Eltern und freue mich auch sie endlich kennenzulernen.«

»Hast du noch Kontakt zu deinem Onkel in Wiesbaden?«

»Ja, wir telefonieren sehr oft.«

»Hat er Kinder?«

»Nein, sie konnten keine bekommen. Leider. Seine Frau hatte sich vor zehn Jahren das Leben genommen.«

»Das ist ja schrecklich. Weshalb denn das?«

»Sie hatte Darm-Krebs. Sie wollte keine Chemo und keine weiteren Maßnahmen. Sie lehnte alles ab. Für meinen Onkel war das ein herber Schlag.«

»Das tut mir sehr leid.«

»Lass uns über etwas anderes reden.«

»Genau. Zum Beispiel, wie gehen wir jetzt an unsere Jobsuche ran? Forsten wir die Zeitschriften und das Internet durch oder welche alternative Möglichkeiten gibt es noch?«

»Gute Frage. Ich dachte, wir machen erst mal nichts. Ruhen uns von unserem Stress noch ein viertel Jahr aus und dann suchen wir uns einen Job.«

»Das wird aber nicht billig.«

»Ich sagte dir schon einmal, um das Geld müssen wir uns keine Gedanken machen. Es ist noch genügend da. Und du bist zu allem eingeladen.«

»Das kann ich aber nicht annehmen. Eine kleine Rücklage habe ich auch noch. Meine Eltern haben mich bisher immer sehr großzügig unterstützt.«

»Gut, dann ist das auch geklärt und wir müssen auch nicht mehr darüber reden. Was machen wir heute noch? Ich schlage vor, wir gehen wieder in den Englischen Garten. Dort ist es wunderschön.«

»Das ist eine tolle Idee. Als wir das erste Mal dort waren, habe ich mich richtig in dich verliebt.«

»So, ich dachte schon früher bei Eriks Geburtstag«, grinste Alexander.

»Irgendwie schon. Erst richtig aber erst am nächsten Tag. Als wir gemeinsam in den Garten gegangen waren. Und du? Warst du auch gleich in mich verliebt?«

»Ich? Ne. Nicht wirklich«, log er.

»Ist das wahr?«, fragte sie enttäuscht.

»Nein, natürlich nicht. Ich hatte mich gleich in dich verliebt als Erik uns vorgestellt hatte. Doch ehrlich. Ich war völlig durcheinander. Der gemeinsame Ausflug gab mir die Gewissheit, dass ich dich von Anfang an liebte. Es heißt doch so schön „Liebe auf den ersten Blick". Und so war es auch.«

»Genau. So war es auch bei mir.«

Lieke war erleichtert. Sie umarmten und küssten sich.

»Dann machen wir uns fertig zum Ausgehen«, sagte Alexander.

Nachdem Lieke ihre Sachen ausgepackt hatte, fuhren sie in den Englischen Garten.

Kaum waren sie dort angekommen, grummelte es am Himmel.

Es dauerte nicht lange und es regnete in Strömen.

»Vielen Dank, lieber Gott, dass du mich so an meinem ersten Tag in München begrüßt.«

Sie ließen sich nicht beirren, sondern liefen im warmen Regen zurück zu ihrem Auto und fuhren nach Hause.

»Das war ein kurzer Trip«, sagte Lieke und rubbelte ihre nassen Haare.

»Hat doch Spaß gemacht oder? Wir werden das auf jeden Fall wiederholen, aber hoffentlich nicht mehr so nass wie heute«, lachte Alexander.

In den nächsten Tagen zeigte er ihr noch viele weitere Sehenswürdigkeiten, die München zu bieten hatte.

Einige Tage später klingelte das Telefon und Alexander war erfreut, als sein Onkel ihn begrüßte.

»Hallo, mein Junge, wie geht es dir? Ich wusste nicht, ob ich dich zu Hause erreichen würde.«

»Ja, Servus Onkel Franz. Mir geht es gut. Lieke, meine Freundin, ist auch hier. Bei unserem letzten Telefonat erzählte ich dir von ihr. Kannst du dich erinnern? Wie geht es dir?«

»Ja, ich erinnere mich. Mir geht es nicht ganz so gut. Deshalb möchte ich mit dir reden …«

»Was ist mit dir? Bist du krank?«, unterbrach er ihn.

»Seit unserem letzten Telefonat sind doch wieder zwei Monate vergangen. Ich hatte kurze Zeit später einen Herzinfarkt und musste zwei Wochen ins Krankenhaus. Die Ärzte raten mir kürzer zu treten. Ich bin nun auch schon fast siebzig und merke, dass ich nicht mehr so kann wie noch vor einem Jahr. Kurzum, weshalb ich anrufe. Hast du dein Studium beendet?«

»Es tut mir leid, dass es dir nicht so gut geht. Ja, im Februar.«

»Hast du auch deine Diss schon?«

»Du meinst die Dissertation. Ja, schon während meines Studiums.«

»Hast du schon eine Anstellung?«

»Nein. Lieke und ich wollen uns erst einmal etwas von dem ganzen Stress erholen und dann auf die Suche gehen. Warum fragst du?«

»Alex, ich kann nicht mehr und würde dir gerne meine Praxis übergeben.«

Alexander sah Lieke verwundert an und zeigte auf den Telefonhörer.

»Alex, bist du noch dran?«

»Ja Onkel, bin noch dran. Soll das heißen, du willst mir die Praxis verkaufen oder vermieten? Habe ich das richtig verstanden?«

»Nein, ich will sie dir vermachen. Außer dir habe ich doch keine Verwandten mehr. Deine Tante ist tot. Ich habe nur noch dich und du bist der Sohn meiner Schwester. Es würde mich freuen, wenn du dieses Erbe annehmen würdest.«

Alexander stand die ganze Zeit, aber nun musste er sich doch setzen.

Lieke sah ihren Alex verwundert an und konnte sich keinen Reim darauf machen, warum er so aufgeregt war.

»Ich weiß nicht, was ich sagen soll. Ich muss das erst mit Lieke besprechen. Kann ich dich zurückrufen?«, fragte er aufgeregt.

»Jetzt sei doch nicht so hibbelisch. Besprecht euch und ruf mich wieder an, wenn ihr euch entschieden habt.«

»Ja, das machen wir.«

Alexander drückte die Aus-Taste und warf das Mobilteil auf die Couch.

»Das war mein Onkel. Der Bruder meiner Mutter. Wir hatten uns mal kurz über ihn unterhalten. Weißt du, was er gesagt hat? Er will mir seine Zahnarztpraxis vererben. Wir sollen uns beraten und ihn wieder anrufen, wie wir entschieden haben.«

»Das ist eine tolle Sache und wärst alle Sorgen um eine Anstellung los.«

»Aber, was meinst du dazu?«

»Wieso ich, du musst entscheiden, ob du das annehmen möchtest.«

»Ohne dich entscheide ich gar nichts. Ohne dich gehe ich nirgendwo hin. Würdest du mit mir gehen?«

Lieke stand auf und ging zur Terrasse.

»Du müsstest aus München wegziehen oder?«

»Ja, die Praxis ist in Wiesbaden. Ich war schon öfters dort. Es ist sehr schön.«

»Es ist ja wunderbar, dass es dort schön ist, aber was machst du mit dem Haus und mit deinen Plänen hier in München?«

»Was ist mit dir? Würdest du mit mir gehen? Ich möchte dich heiraten und mit dir mein restliches Leben verbringen. Ich bin mir ganz sicher, dass du einen Job in Wiesbaden bekommen wirst. Das Haus könnten wir vermieten. Das wäre doch kein Problem. Bitte überlege es dir.«

Lieke ging hinaus in den Garten und setzte sich in den Sessel am Brunnen.

Alexander wartete einen Moment.

Er ging ihr hinterher und setzte sich zu ihr.

»Ich bin sicher, wir schaffen das. Onkel Franz hat noch zwei weitere Kollegen, die bei ihm in der Praxis angestellt sind. Mein Onkel wird uns dabei helfen. Er wird uns in der ersten Zeit mit Rat und Tat zur Seite stehen.«

»Du willst mich heiraten? Wirklich? Wenn du das wirklich willst, dann komme ich selbstverständlich mit.«

»Natürlich will ich dich heiraten. Sofort, auf der Stelle.«

»Es muss ja nicht jetzt sofort sein, aber in der nächsten Zukunft. Hast du mich verstanden? Ich komme mit. Ich lasse dich doch nicht alleine in einer fremden Stadt und fremden Mädchen.«

Alexander war so nervös, dass er Lieke erst nicht richtig verstand.

Erstaunt sah er sie an und traute seinen Ohren nicht.

Er glaubte, nicht richtig hingehört zu haben. Er schaute zu ihr und es kam aus ihm heraus:

»Sie heiratet mich. Wiesbaden wir kommen«, schrie er so laut, wie er nur konnte.

Er hob Lieke aus dem Sessel und küsste sie.

Anschließend rief er seinen Onkel an.

»Onkel Franz. Wir haben uns entschieden. Wir kommen, beide.«

»Das freut mich. Ich bin sehr glücklich darüber. Ich hatte schon Angst, meine Praxis an einen Fremden übergeben zu müssen. So bleibt es in der Familie. Wann würdet ihr denn kommen können.«

»Ich muss noch einiges erledigen. Wie wäre es in einer Woche. Wir kommen und unterhalten uns über alles. Danach können wir den Umzug nach Wiesbaden planen. Nach einer Wohnung müssen wir uns auch noch umsehen.«

»Das ist in Ordnung. Ich werde alles in die Wege leiten. Wenn ihr einverstanden seid, könnt ihr in meinem Haus wohnen, bis ihr was Eigenes gefunden habt. Sagt mir bitte Bescheid.«

»Alles klar. Wir freuen uns.«

Alexander berichtete Lieke, was er mit seinem Onkel ausgemacht hatte.

»Mein Gott, Alex. Machen wir auch das Richtige?«

»Was kann falsch daran sein, eine eigene Praxis geschenkt zu bekommen. Wie werden es schon schaffen. Ich war vor drei Jahren das letzte Mal in Wiesbaden. Wir schauen uns das mal an und dann entscheiden wir endgültig. Wenn es dir überhaupt nicht gefallen sollte, sagen wir ab und kehren nach München zurück. Einverstanden?«

»Einverstanden. So machen wir es.«

Die Woche ging sehr schnell vorbei und beide flogen nach Frankfurt.

Onkel Franz holte sie mit seinem Wagen vom Flughafen ab und fuhren in die Villa nach Wiesbaden-Sonnenberg.

»Ist das ein Riesenhaus. So was habe ich noch nie gesehen«, sagte Lieke erstaunt.

»Auch das gehört euch. Ihr könnt es haben, wenn ihr wollt.«

Lieke presste ihre Lippen zusammen und nickte begeistert.

»Jetzt macht euch erst einmal frisch und dann können wir in die Praxis fahren. Dort ist alles vorbereitet. Wollt ihr etwas zum Essen und zum Trinken?«

Eine halbe Stunde später fuhren sie gemeinsam in die Praxis.

Lieke kam nicht mehr aus dem Staunen heraus.

Erst das große Haus und nun die tolle Praxis.

Onkel Franz stellte Lieke der gesamten Mannschaft vor und zeigte ihr die Räumlichkeiten.

Alexander unterhielt sich in der Zwischenzeit mit den ihm bekannten Angestellten.

»Es würde uns freuen, wenn du die Praxis übernehmen würdest», war der einhellige Tenor der Helferinnen und des Arztkollegen.

Lieke kehrte begeistert von der Führung zurück.

»Die Praxis ist ja fast so groß wie das Haus», übertrieb sie.

Franz musste lachen und winkte mit der Hand ab.

»Ganz so ist es nicht. Ihr seht, ihr würdet eine sehr gut gehende Praxis mit tollen Kollegen übernehmen. Alex, du kennst ja meine Kolleginnen und Kollegen, es sind liebe Menschen und sie werden dich in allen Belangen unterstützen und außerdem bin ich auch noch da. Du hättest alle Zeit der Welt dich einzuarbeiten. Du, besser gesagt, ihr müsst nur noch ja sagen. Dann wird das hier an die Wand genagelt.«

Er zeigte allen ein Schild mit der Inschrift:

„Dr. Med. Dent. Alexander Hemmelskamp".

Alle klatschten Beifall.

Alexander lief rot an und konnte nicht glauben, dass sein Name auf einem Messingschild glänzte.

»Na, wie fühlt es sich an. Ist doch schön oder?«, sagte Lieke und ergriff seine Hand.

»Komm, gehen wir etwas essen«, unterbrach Franz und hakte sich bei seinen beiden Gästen unter die Arme.

Sie besprachen noch über einige Details.

Lieke und Alexander konnten sich in ihrer Begeisterung kaum bremsen.

»Deine Lieke wird hier in Wiesbaden mit Sicherheit eine Anstellung als Anwältin bekommen. Daran hege ich keinen Zweifel.«

»Onkel Franz du bist so brutal optimistisch, da komme ich schon fast nicht mehr mit.«

»Es hat sich ausgeonkelt. Ab sofort bin ich der Franz.«

Alexander schaute seinen Onkel verwundert an.

Mit einem Glas edlen Sekt stießen sie voller Euphorie auf die Zukunft an.

Alexander und Lieke waren sich einig.

Sie würden nach Wiesbaden ziehen und dort ihr Glück, mit Hilfe seines Onkels, versuchen.

Sie flogen nach München zurück und packten für den Umzug in ihr neues Zuhause.

Das Haus in München wollten sie auf jeden Fall behalten.

Sie übergaben alles einem Makler, der einen geeigneten Mieter für sie suchen sollte.

7

Lieke musste einige weitere Untersuchungen über sich ergehen lassen.

Bei der neurologischen Untersuchung wurde unter anderem das Seh- und Hörvermögen, die Aufmerksamkeit, die Muskelkraft, die Koordinationsfähigkeit und Reflexe getestet.

Das dient dazu festzustellen, ob es infolge des Glioblastoms bereits zu Beeinträchtigungen bestimmter Hirnfunktionen gekommen ist.

Alexander kam jeden Tag Lieke besuchen, um ihr zur Seite zu stehen.

Dr. Reinhard hatte eine Besprechung an diesem Morgen mit beiden angesagt.

Gegen zehn Uhr erschienen er und ein anderer Arzt.

Alexander ergriff zuerst das Wort.

»Wie gehen Sie jetzt vor, welche Therapie schlagen Sie vor?«

»Darf ich Ihnen zuerst unseren Neurologen Dr. Neuber vorstellen. Er ist Neurochirurg und wird während der kommenden Tage Ihre Frau betreuen.«

Dr. Neuber begrüßte beide und übernahm das Wort.

»Wir beabsichtigen eine umfassende operative Entfernung, also eine Komplettresektion des Tumors. Vor der Operation wird eine medikamentöse Therapie mit Kortikosteroiden durchgeführt. Sie soll der Entstehung eines Hirnödems entgegenwirken. Mögliche Auslöser für ein solches Hirnödem könnten sowohl der Tumor selbst, als auch die Operation sein. Anschließend führen wir eine Strahlentherapie und eine Chemotherapie mit Zytostatikum Temozolomid durch. Falls bei Ihnen Krampfanfälle auftreten sollten, werden wir diese vor und während der Operation mit gegenwirkenden Mitteln, sogenannten Antikonvulsiva, behandeln. Alles Weitere werden wir nach der OP besprechen.«

»Drei oder vier Tage nach der Operation führen wir erneut ein MRT zur Kontrolle des Behandlungserfolges durch«, ergänzte Dr. Reinhard.

»Eine OP? Wie ist überhaupt die Erfolgschance bei solch einem Eingriff oder anders gesagt ist eine Heilung überhaupt möglich?«

»Bei einem Glioblastom Grad 4 ist eine Heilung praktisch ausgeschlossen. Die Prognose beim Glioblastom ist nach wie vor schlecht. Trotz intensiver Forschungsbemühungen liegt die 5-Jahres-Überlebensrate im niedrigen, einstelligen Bereich. Einige, vielversprechende neue Studien konnten allerdings die mittlere Überlebensdauer auf deutlich über ein Jahr steigern. Eine vollständige Heilung gelang bisher nur in Einzelfällen«, antwortete Dr. Neuber.«

»Dann stimmt das, was mein Mann schon in Erfahrung gebracht hat. Ich frage mich, warum sollte ich mich denn überhaupt operieren lassen, wenn die Heilungschancen gleich Null sind? Lassen Sie mir und meinem Mann etwas Zeit, um uns zu beraten, und …«

Liekes Stimme versagte und sie hatte Schwierigkeiten sich weiter zu artikulieren.

»Liebling, was ist mit dir?«

»Das ist eine Sprachstörung, die in diesem Fall bei einem Glioblastom auftreten kann«, stellte Dr. Neuber leise und sachlich fest.

»Dann lassen wir Sie jetzt erst einmal alleine. Ich komme morgen wieder zu Ihnen und wir besprechen uns noch einmal.«

Lieke und Alexander nickten und beide Ärzte verabschiedeten sich.

»Mein Gott, was sollen wir nur machen?«, fragte sie.

Lieke sah Alexander traurig an. Tränen liefen über ihr Gesicht und tropften schließlich auf Alexanders Hände.

Mit schwerer und stockender Stimme versuchte sie ihm ihre Ansicht klar zu machen.

»Liebling, wenn ich mich operieren lasse, ist es doch so, dass mit großer Wahrscheinlichkeit das Glioblastom schon nach wenigen Wochen oder Monaten erneut auftritt. Ein solches Rezidiv versucht man dann mit einer erneuten Operation, mit Bestrahlung und Chemotherapie zu behandeln. Im Endstadium also, wenn bei einem Glioblastom Grad 4 eine Heilung nicht mehr möglich ist, bleibt nur die palliative Behandlung des Patienten. Wie der Arzt gesagt hat und du in Erfahrung gebracht hast, ist bei einem Glioblastom Grad 4 eine Heilung praktisch ausgeschlossen. Meinst du, ich sollte mich solch einer Tortur tatsächlich unterziehen? Ich meine nicht. Ich habe, wenn es gut geht noch ein halbes Jahr zu leben, vielleicht etwas mehr oder weniger. Wenn die OP sowieso vergebens ist, und sie mein Leben ein paar Wochen oder Monate hinauszögern könnte, dann ist mir das alles zu viel. Bitte lass uns nochmals darüber nachdenken.«

»Mein Schatz, du weißt wie ich darüber denke. Ich würde das alles auf mich nehmen, aber du entscheidest, was du für richtig hältst. Egal für was du dich entscheidest, ich bin immer für dich da. Immer.«

Sie umarmten sich und weinten.

»Was soll ich nur machen. Warum habe ich diesen Scheiß Tumor. Warum soll mein Leben schon jetzt enden. Ich will dich nicht verlassen.«

»Wir werden die richtige Entscheidung treffen. Soll ich heute wieder bei dir bleiben? Das Bett haben sie extra für mich hingestellt.«

»Das wäre lieb. Ich möchte dich bei mir haben.«

»Gut, dann bleibe ich heute hier. Ich sage es nur noch der Stationsschwester.«

Alexander verständigte die Stationsschwester und ging anschließend vor die Tür des Krankenhauses. Dort weinte er wie ein kleines Kind. Er setzte sich auf den Rasen und begrub sein Gesicht in seine Hände.

Ein Krankenhausbesucher trat auf ihn zu und tippte auf seine Schulter.

»Geht es Ihnen nicht gut? Soll ich einen Arzt für Sie holen?«

Alexander blickte zu dem Mann hoch und entschuldigte sich.

»Nein danke, ich bin nur traurig, das ist alles.«

»Kann ich Sie alleine lassen?«

»Ja, natürlich gehen Sie nur. Vielen Dank, dass Sie nach mir gesehen haben. Das macht auch nicht jeder.«

»Das ist doch selbstverständlich«, sagte der nette Herr und verabschiedete sich.

Alexander blieb so eine Weile auf dem Rasen sitzen und beruhigte sich langsam.

Dann stand er auf und rief Liekes Bruder Erik an.

»Hallo Erik, ich habe leider eine traurige Nachricht. Lieke ist todkrank. Sie hat einen Gehirntumor. Vermutlich wird er ihr das Leben in diesem Jahr noch nehmen. Es tut mir leid, dir diese Nachricht so brutal übermitteln zu müssen.«

»Ach du meine Güte, in welchem Krankenhaus liegt sie denn?«

»In Wiesbaden im St. Josefs-Hospital.«

»Kann ich sie besuchen?«

»Ja natürlich. Sie würde sich sehr darüber freuen.«

»Gut, dann werde ich morgen kommen.«

»Du kannst dann bei uns im Haus übernachten.«

»Danke. Bis Morgen.«

»Bis Morgen.«

Nachdem Telefonat ging er wieder zurück zu Lieke. Sie schlief und ihr Atem war ruhig und gleichmäßig. Er setzte sich wieder auf den Stuhl und beobachtete sie.

Jetzt, wo er sie so in aller Ruhe beobachten konnte, schämte er sich und machte sich große Vorwürfe sie so betrogen zu haben.

Warum er sie betrogen hatte, war für ihn schnell festgestellt. Sie waren durch ihre Berufe zu oft getrennt. In all den Jahren hatte er nie, nur einen einzigen Gedanken verschwendet, Lieke zu betrügen.

Auch die äußeren Reize anderer Frauen hatten ihn nie zu einem Fremdgehen animiert. Oder Sex zu anderen Frauen hat ihn nie in Versuchung gebracht, Lieke zu betrügen. Bis eines Tages Rose in seine Praxis trat. Sie hatte sich ihn als Opfer ausgesucht. Zumindest sieht er das heute so. Sie machte ihm Komplimente. Wie gut er in seinem Alter noch aussehen würde. Was für ein toller Zahnarzt er wäre und viele schöne Dinge mehr. Es schmeichelte ihm, aber er kam nie auf den Gedanken sich ihr zu nähern. Dies übernahm Rose von Termin zu Termin. Irgendwie hatte sie es psychologisch geschickt eingefädelt.

Eines Tages tappte Alexander in die Falle.

Rose hatte es endlich geschafft.

Sie war ein raffiniertes Luder.

„Das hatte sie klug gemacht und ich habe es nicht bemerkt", dachte er und ärgerte sich.

Ja, so war sie, die Rose, taktisch klug und verwegen.

„Schon unser erster Blickkontakt und Händedruck verankerte sich in meinem Gehirn", erinnerte er sich.

„Sie hat mich in Gespräche verwickelt. Gespräche, die sie diktierte."

Menschen lassen sich durch Sprache manipulieren. In Gesprächen kann man Menschen unterbewusst manipulieren, indem man nicht nach üblichen Konventionen einen Small Talk beginnt, sondern bereits von Anfang an selbst das Gespräch in die Bahnen lenkt, in die man es haben möchte.

„Genau das hat sie mit mir gemacht. Sie hat mich in ihre Bahnen gelenkt.

Sie hat ihre Karten ausgespielt und ich habe verloren.

Das soll nicht heißen, dass ich frei von Schuld bin, um Gottes willen, nein.

Ich, ehrliche Haut und Ehemann, habe betrogen.

Als ich es bemerkt habe, war es zu spät. Es machte mir Spaß ein begehrter Mann zu sein; und das in meinem Alter. Obwohl: Sie war ja keine junge Frau mehr. Trotzdem reizte es mich, mit ihr ins Bett zu gehen. Erst als ich von Liekes Krankheit erfuhr, wich jäh die Eitelkeit. Mir wurde schlagartig bewusst, wie lächerlich ich wirken musste - und beendete die Affäre.

Ich war erleichtert, erleichtert nicht mehr lügen zu müssen. Ich war frei. Frei von allen Zwängen. Ich hatte es geschafft wieder ich zu sein und nicht mehr der eitle Affe, der ich eigentlich nie sein wollte.

Das alles soll Lieke gewusst haben?! Sie hatte es mir immer angesehen. Sie sah es in meinen Augen, sie las es in meinem Gesicht, wie in einem Buch.

Hätte ich das nur schon früher gewusst, hätte ich die Beziehung mit Rose beendet. Ich war mir zu sicher, dass Lieke nie darauf kommen könnte. Mir war noch nicht einmal im Ansatz bewusst, dass sie es vermutet hatte. Das war ein schwerer Fehler von mir. Niemals kam mir der Gedanke, dass sie etwas merken könnte.

Vielleicht steckte ein Hauch von Arroganz in meinem Denken.

Rose hatte mich geschickt manipuliert und ich bemerkte es zu spät."

Inmitten seiner Gedanken wurde das Mittagessen gebracht.

Lieke war aufgewacht, und winkte mit den Händen um damit auszudrücken, dass sie nichts essen wolle.

»Liebling, du musst was essen.«

 »Ich habe keinen Appetit.«

»Iss wenigstens die Hühnersuppe. Die gibt dir Kraft. Als ich als Kind krank war, gab mir meine

Mutter immer Hühnersuppe. „Davon wirst du wieder gesund. Die gibt dir wieder Kraft", sagte sie immer zu mir.«

Lieke gab nach und Alexander löffelte ihr die Suppe liebevoll.

»Na siehst du, es war doch gar nicht so schlecht. Jetzt hast du wenigstens was im Magen.«

»Iss du den Kartoffelbrei mit dem Fleisch, dann hast du auch was im Magen«, sagte sie und lächelte.

Alexander ließ es sich nicht zweimal sagen, setzte sich an den Tisch und aß.

»Schmeckt nicht schlecht. Nicht so gut wie von dir. Aber es schmeckt.«

Nach dem Mittagessen überlegte Alexander, ob er Lieke von seinem Telefonat mit Erik berichten sollte. Er ließ es sein und dachte an die Überraschung. Lieke hatte ihren Bruder seit zwei Jahren nicht mehr gesehen. Sie hatten nur miteinander telefoniert. Sie liebten sich sehr.

»Du bist so stark, du nimmst das alles so an, als ob du einen Panzer um dich herumtragen würdest. Einen Panzer, der alles abprallen lässt. Ich könnte es nicht. Ich würde verzweifeln.«

»Es nutzt nichts einen dicken Panzer zu tragen, wenn der ärgste Feind in dir ist.«

»Du warst schon immer die Stärkere von uns beiden.«

»Ich würde ja gerne meine Lungen mit Hoffnung füllen, aber leider ist die Luft durch diesen Tumor vergiftet, so dass es keine Hoffnung mehr geben wird.«

»Vielleicht wäre eine Operation doch erfolgreich und du könntest weiterleben.«

»Was wäre das für ein Leben. Ein Leben nach der Operation wäre doch ein Leben wie jetzt, vor der Operation. Dann finge alles wieder von vorne an. Vielleicht könnte die OP eine Verlängerung meines Lebens bewirken, aber auch nur vielleicht. Das kann mir keiner versprechen. Sag doch ehrlich, wolltest du es so über dich ergehen lassen?«

Alexander überlegte lange und schüttelte anschließend mit dem Kopf.

»Du weißt, dass es mir schwerfällt darauf die richtigen Worte zu finden. Ich verstehe dich und wie ich schon sagte: Ich kann mich nur schwer in dich hineinversetzen. Ich kann dich nur unterstützen und deine Wünsche respektieren. Wobei mir der Gedanke dich zu verlieren unerträglich ist.

Du siehst, ich denke nur ICH. Nicht DU. DU bist aber die wichtige Person.«

»Liebling, ich könnte weinen und die Welt verfluchen, warum ausgerechnet ich diese Krankheit bekommen habe, aber das wäre auch nicht gerecht, denn ich wünsche natürlich keinem anderen diesen Krebs. Deshalb bleibt mir bei Gott nichts übrig, als mich diesem Schicksal zu ergeben und mich damit abzufinden.«

»Ich verstehe dich, auch wenn es mir schwerfällt, verstehe ich dich. Vielleicht. Aach was, da bin ich mir ganz sicher. Ich würde auch so denken und handeln wie du. Dein Argument leuchtet mir ein und ich akzeptiere es. Aber wenn man ehrlich ist, letztendlich hält man es gar nicht für möglich, dass man selbst - oder der Partner – so radikal aus dem Leben gerissen wird.«

»So ist das Leben mein Liebling. Es ist nicht immer gerecht. Im Gegenteil. Das Leben ist ein Miststück. Es verrät uns nie, was es mit uns vorhat.«

Alexander musste den Satz noch verarbeiten und stand dabei langsam auf.

»Lieke, mein Schatz, ich fahr mal kurz nach Hause und hole, was ich so für die Übernachtung brauche. Kann ich dich kurz alleine lassen?«

»Ja, gehe nur, ich schlafe ein wenig.«

Alexander konnte mit Lieke nicht weiter über ihre Krankheit und ihr vermutliches weiteres Vorgehen diskutieren.

Es tat ihm zu weh und er war kurz davor auszuflippen.

Er fuhr nach Hause und füllte seine kleine Reisetasche mit einigen Utensilien.

Danach steuerte er die Praxis an. Dort versammelte er seine drei Kollegen und Helferinnen in seinem Büro.

»Ich möchte euch etwas mitteilen. Lieke ist sehr krank. Sie hat einen bösartigen Gehirntumor und hat nicht mehr lange zu leben. Nun habe ich ein Anliegen an euch. Ich möchte mit ihr wegziehen und deshalb die Praxis verkaufen. Bevor ich die Praxis einem Fremden anbiete, möchte ich euch fragen, ob Interesse besteht sie zu übernehmen. Entweder einer von euch oder als Gemeinschaftspraxis. Was meint ihr. Ich weiß, es ist sehr kurzfristig, aber ich habe keine Zeit mehr lange zu suchen oder zu handeln. Ich mache euch einen guten Preis.«

»Sie schauten sich an und nickten.«

»Wie lange haben wir Zeit und mit welchem Preis müssen wir rechnen?«, fragte Ullrich der älteste der Ärzte.

»Lieke hat nur noch höchstens ein halbes Jahr. Ihr müsstet euch noch diese Woche entscheiden. Der Preis? So wie die Praxis heute dasteht mit dem Inventar, die Räumlichkeiten, den Kundenstamm denke ich an etwa 500.000 Verhandlungsbasis. Dieser Preis ist nur für euch. Ich könnte leicht das Dreifache verlangen. Das wisst ihr.«

«Wir setzen uns zusammen und sagen dir dann Bescheid.«

»Gut Ullrich, es wäre schön, wenn ihr die Praxis übernehmen würdet, dann wüsste ich, dass sie weiter in guten Händen ist. Rufst du mich an, wenn ihr euch beraten habt?«

»Klar, mach ich.«

Alexander verließ das Gebäude und fuhr zurück in das Krankenhaus.

Er übernachtete, wie versprochen, in einem extra für ihn vorbereiteten Bett.

Lieke schlief die ganze Nacht sehr ruhig.

Alexander hingegen wachte oft auf und überlegte, wie Lieke sich nun entscheidet.

Er würde es begrüßen und wünschen, dass sie sich für eine Operation entscheiden würde.

Vielleicht könnte ihr Bruder, wenn er die gleiche Einstellung wie er hätte, sie auch davon überzeugen.

Der kommende Tag würde über Liekes Schicksal entscheiden.

Egal wie sie sich entschied; er wollte für sie da sein, bis zu ihrem Tod.

Am frühen Morgen, so gegen halbsieben, Alexander war doch noch etwas eingeschlafen, brachten die Schwestern für beide das Frühstück.

Lieke war schon wach und beobachtete ihn, wie er verschlafen seine Augen öffnete.

»Guten Morgen, mein Schatz, wie hast du geschlafen?«

»Guten Morgen, ich glaube ganz gut«, log er.

»Jedes Mal, wenn ich aufwachte, sah ich, dich an die Decke starren. Ich habe es im schwachen Licht gesehen. Du hast viel nachgedacht. Hast du deine Meinung geändert?«

»Was heißt geändert. Ich habe dir gesagt, dass ich deine Entscheidung respektieren werde, egal wie du dich entscheidest. Ich will dich nicht unter Druck setzen, deshalb halte ich mich mit meiner Meinung zurück.«

»Du kannst mir doch sagen, was du an meiner Stelle tun würdest.«

»Ich bin aber nicht an deiner Stelle. Ich kann doch nicht sagen, was ich machen würde, wenn ich die Krankheit hätte, wenn ich sie nicht habe. Ich bin nicht in der psychischen Situation, in der du dich befindest. Wenn ich dir meine Meinung sagen müsste, dann wäre diese sehr egoistisch, weil ich dich nicht sterben lassen möchte.«

»Siehst du, jetzt hast du mir doch deine Meinung gesagt. Du würdest es gerne sehen, dass ich mich operieren lasse, mit den ganzen weiteren Maßnahmen, die mir vielleicht das Leben etwas verlängern könnten. Das geschieht alles im irrealen Konjunktiv und nicht im Indikativ. Ich will Tatsachen, keine Vermutungen und die bekomme ich nicht.«

Alexander war sich dessen sicher. In diesem Moment blickte er nicht in das Gesicht seiner geliebten Lieke, sondern in das einer Staatsanwältin.

»Die Frau Staatsanwältin hat gesprochen. Du bist nicht im Gerichtssaal. Rede also nicht so. Du bist krank. Du musst dir nichts beweisen. Ja, ich würde gerne, dass du dich für das weitere mögliche Leben entscheidest und nicht für den Tod. Ja, ich würde alles tun, damit du weiter am Leben bleibst – egal wie. Ich weiß auch nicht, ob es eine richtige Entscheidung wäre. Das ist mir egal. Was ist schon das Richtige?! Ich wünsche mir, dass du lebst; dass du weiterhin in meiner Nähe bist.«

Lieke hatte ihm gut zugehört und kappte die Unterhaltung mit einem knappen:

»Lass uns frühstücken.«

»Es tut mir leid, ich wollte nicht so laut werden, aber ich liebe dich und will nicht, dass du mich verlässt.«

»Ist schon gut Liebling. Ich verstehe dich ja und wir werden zu einem Ergebnis kommen.«

Alexander schüttelte den Kopf.

»Ergebnis kommen … Ja, lass uns Frühstücken.«

Ohne ein weiteres Wort zu verlieren, schlürfte er den heißen Kaffee und aß das Brötchen.

Irgendwie fühlte er eine unerklärliche Unruhe in sich. Wie kann ein Mensch so einfach sein Leben frühzeitig beenden wollen.

Alexander hatte bei der Diskussion nicht verstanden, wie sich Lieke fühlte, als sie von ihrer Krankheit, dem Krebs und dem möglichen frühen Tod erfahren hatte. Wie es in ihrer Psyche aussah.

Langsam wich die anfängliche Ablehnung ihrer Meinung und er beruhigte sich wieder.

Nach dem Frühstück half er Lieke bei der Morgentoilette. Nachdem Lieke geduscht hatte, duschte auch er und zog sich an.

»Liebling ich muss nochmals zur Praxis und zum Haus um nach dem Rechten zu sehen. Dr. Reinhard und sein Kollege wollen dich heute nochmals gründlich untersuchen. Da wäre ich sowieso überflüssig. Ist das in Ordnung?«

»Ja, geh nur mein Schatz. Lass dir Zeit, die Untersuchung wird bestimmt lange dauern.«

Sie küssten und verabschiedeten sich.

»Bis später«, hauchte sie leise.

Alexander fuhr zuerst nach Hause und suchte im Internet nach möglichen Alternativen, um Lieke vor dem frühen Tod zu schützen.

Genauso länger er nach Alternativen oder Antworten suchte, desto größer war die Enttäuschung.

Er las viele Berichte von Betroffenen und Ärzten. Er las verzweifelt bis in die Mittagsstunden. Am Ende schaltete er traurig den PC aus und verweilte noch etliche Minuten regungslos an seinem Bürotisch.

»Also gibt es nur ein Hinauszögern, sonst nichts«, brummte er in sich hinein.

Seine Erkenntnis war, nur die wenigen Betroffenen mit dem Glioblastom mit den Graden 1 und 2 konnten geheilt werden.

Langsam und enttäuscht rappelte er sich auf, um das eine oder andere Utensil fürs Krankenhaus zu richten, als plötzlich sein Handy klingelte. Es meldete sich sein Freund und Kollege Ullrich.

»Hallo Alex, wir haben uns beraten und sind der Meinung, dass wir alle drei gerne die Praxis übernehmen würden. Nur über den Preis sollten wir nochmals reden.«

»Ich freue mich sehr. Über den Preis können wir natürlich reden. Was sind eure Vorstellungen?«

»Wir könnten nicht mehr als 400.000 bereitstellen. Was meinst du?«

»Also, wir kennen uns schon so lange und sind Freunde, ich komme euch noch einen weiteren Schritt entgegen. Wie wäre es mit 350.000?«

»Sie haben alle mitgehört, sie nicken und strahlen.«

»Also, abgemacht. Eine Bitte habe ich noch. Könntet ihr so nett sein, und einen Vertragsentwurf bereitstellen. Sobald ihr damit fertig seid, ruft ihr mich an und ich komme vorbei und erledige die Formalitäten.«

»So machen wir es, Alex. Wir freuen uns sehr darauf.«

»Und ich erst.«

»Ich habe noch eine Frage. Dürfen wir Lieke besuchen kommen?«

»Ja natürlich. Sie würde sich sehr darüber freuen.«

»Dann kommen wir demnächst vorbei. Machs gut Alex und beste Grüße von uns allen.«

»Mach ich. Servus.«

Auch nach all den Jahren in Wiesbaden hatte er nie seine bayerische Heimat vergessen und auch nicht den Münchner Dialekt. Egal ob er mit Patienten, mit Geschäftsleuten oder mit anderen Kollegen sprach; der bayerische Einschlag war unverkennbar.

Er war stolz auf seine bayerische Seele.

Alexander fuhr zurück in das Krankenhaus.

Lieke hatte ihre Untersuchung hinter sich und schlief.

Leise rückte er den Stuhl an ihre Seite.

Lieke wurde wach und freute sich, ihren Alex wieder zu sehen.

»Hallo, mein Schatz. Entschuldige, ich wollte dich nicht wecken. Wie war die Untersuchung?«

»Sie ist Gott sei Dank vorbei.«

Er nahm Liekes Hände und küsste sie.

Es klopfte und Erik betrat das Zimmer.

Lieke sah ihren Bruder erstaunt an.

»Hallo zusterhart. Hoe gaat het?«, sagte er auf Holländisch.

»Sprich deutsch. Ich verstehe doch nicht mehr so viel.«

Erik lachte, drückte und küsste seine Schwester.

»Ik wilde je zien. Wie geht es dir?«

Lieke weinte vor Freude.

»Es geht nicht so gut. Alex hat dir bestimmt schon alles erzählt.«

»Ja, hat er. Wie hast du dich nun entschieden?«

Lieke sah abwechselnd zu Alexander und Erik.

»Ich weiß es noch nicht.«

»Ich weiß, es ist eine schwierige Situation aber, solltest du dich nicht für das Leben entscheiden? Es wird nicht leicht sein, die ganze Prozedur über sich ergehen lassen zu müssen und dann zu hoffen, dass es zum Guten ausgehen wird. Als Außenstehender, ist es immer leicht daherzureden. Aber trotzdem: Ich bin ein Egoist, und will nicht, dass ich meine kleine Schwester verliere; zumindest jetzt noch nicht.«

»Ach nee, später schon? Noch so ein Egoist.«

Verdutzt sah Erik seine Schwester an, um mit ihr dann doch Lachen zu müssen.

»Het is een grote shit.«

»Du hast recht, es ist eine große Scheiße, was mit mir passiert.

Alexander beobachtete beide mit Tränen in den Augen.

»Ich hole mal Kaffee für uns.«

Er wusste, die beiden haben sich viel zu erzählen.

Deshalb zögerte er das Zurückkommen lange hinaus.

Zurück im Zimmer fand er die beiden, Tränen übergossen sich in den Armen liegend.

Er zögerte einzutreten.

»Ich stelle den Kaffee auf den Tisch.«

Lieke sah ihren Alexander traurig an.

»Liebling, ich habe mich entschieden. Ich lasse mich operieren und gehe den langen Weg, der mich hoffentlich etwas länger leben lassen wird.«

Alexander wusste nicht, ob er Erleichterung verspüren sollte, oder nun Angst vor der Zukunft haben musste.

Er wäre nicht klug gewesen zu berichten, was er im Internet über die Krankheit gelesen hatte.

Er konnte ihr nicht sagen, dass die ganze Prozedur nur ein hinauszögern war und keine komplette Heilung bedeutete.

Also beließ er es so, wie es war.

Vielleicht irrt sich die Wissenschaft. Und es wird ganz anders. Er, würde die Hoffnung auf jeden Fall niemals aufgeben.

Und genau das wollte er ihr immer vermitteln und zeigen.

»Das ist eine gute Entscheidung. Dann müssen wir uns auf einen steinigen Weg vorbereiten. Es wird nicht leicht werden. Aber gemeinsam werden wir es schaffen.«

Lieke streckte mit dankbarer Miene ihre Hand aus.

Alexander nahm sie und setzte sich zu ihr auf die Bettkante.

»Erik und ich haben uns über das Für und Wider der Operation und Chemo unterhalten. Vielleicht habe ich Glück und der Tumor kann gestoppt werden.«

»Dr. Reinhard sieht heute nach dir. Dann kannst du ihm deine Entscheidung mitteilen.«

»So gegen vier will er kommen.«

»Das ist es doch gleich.«

Kaum hatte Alexander dies festgestellt, klopfte es an der Tür und Dr. Reinhard betrat das Zimmer.

Er stellte sich Erik vor und begrüßte ihn.

»Wir haben ihre Blutproben untersucht und mussten feststellen, dass ihre Leukozyten Werte zu hoch sind. Dies ist dem Tumor geschuldet. Haben Sie sich für oder gegen einer OP ausgesprochen?«

»Ich habe mich nun doch für eine OP mit anschließender Chemo entschieden.«

»Das ist eine gute Entscheidung. In weiser Voraussicht haben wir uns heute zusammengesetzt und, falls Sie zustimmen würden, den OP-Plan ausgearbeitet. Wir könnten, wenn Sie einverstanden sind, übermorgen früh mit der Maßnahme beginnen. Morgen werden wir alles vorbereiten und dann kann es losgehen.«

Dr. Reinhard war sichtlich erfreut und erleichtert.

»Hoffen wir, dass alles gutgeht und die Operation gut verläuft«, sagte Erik und lächelte.

Der Arzt nickte und verabschiedete sich.

»Wir sehen uns morgen früh«, sagte er zu Lieke und winkte ihr zu.

Alexander war irgendwie enttäuscht. Er stand da und überlegte. Man sah ihm an, dass es in seinem Kopf gewaltig rumorte.

„Warum hatte Lieke nicht ihm gesagt, dass sie einer OP einwilligen würde, sondern ihrem Bruder.

War er etwa eifersüchtig auf seinen Schwager?

»Das ist Blödsinn«, knurrte er in sich hinein.

Er ist ihr Bruder und Blut ist dicker als Wasser.

Obwohl: Diese Redensart hatte ursprünglich eine ganz andere Bedeutung.

Sie bezog sich auf den Abschluss von Verträgen zu Zeiten des Alten Testaments. Denn damals war es üblich, dass man wichtige Verträge "im Blute" besiegelte.

Dazu wurde ein Tier geschlachtet, in zwei Hälften geteilt und die beiden Vertragspartner stellten sich in das Blut des Tieres, in ganz wichtigen Fällen schnitt man sich zusätzlich die Hände auf und band sie mit dem Vertragspartner zusammen.

Das "Wasser" in diesem Spruch sollte entweder das Taufwasser oder sogar das Geburtswasser darstellen.

Die Bedeutung war also genau gegenteilig:

Eine Verbindung durch einen "Blutvertrag" ist stärker als die Bindung an seinen eigenen Bruder."

Langsam wich die Spannung in seinem Kopf und das Rötliche wich der normalen Gesichtsfarbe.

Alexander bekam immer, wenn er viel nachdachte oder hoch konzentriert war, eine etwas angestrengte Gesichtsfarbe.

Man könnte es auch rötliche Farbe nennen.

»Schatz, was hast du nachgedacht? Du wirkst so abwesend.«

»Nix, basst scho«, war die knappe Antwort auf bayerisch.

Lieke lachte und strich ihm über die Wange.

»Erik, wann fliegst du wieder nach Holland?«, fragte die Kranke.

»Morgen früh.«

»Wo übernachtest du?«

»Natürlich bei uns«, entgegnete Alexander.

»Ich kann doch im Hotel übernachten, dann braucht ihr euch keine Arbeit machen.«

»Das ist doch selbstverständlich. Liebe Gäste und Freunde sind bei uns immer gerne willkommen.«

»Du willst doch bestimmt heute Nacht bei Lieke bleiben.«

»Nein, heute nicht. Die kommen morgen ganz früh und da geht es hektisch zu.«

»Gut, dann machen wir es so«, sagte Erik und Alexander nickte.

Gegen sechs Uhr abends verließen die beiden Lieke und begaben sich nach Sonnenberg in das Haus.

Alexander bereitete für sich und Erik ein Abendessen vor.

Da Alexander gerne kochte, macht es ihm Spaß seinen Gast zu bedienen.

Er wusste, dass Erik gerne Fisch isst und deshalb bereitete er zwei Stück Kabeljaufilets mit Pellkartoffeln und gebratenen Limettenspalten. Er richtete den Fisch auf einer Platte an und reichte die Pellkartoffeln und die Senf-Kräuter-Sauce dazu. Dazu gab es ein kühles Henninger Bier.

Erik war von dem Menü begeistert.

»Mann kannst du gut kochen. Das könnte ich nie.«

»Ich habe früher mit Lieke einige Kochkurse besucht. Hat unheimlich viel Spaß gemacht. Da wir beide berufstätig sind und ich mehr Zeit habe als sie, habe ich mir das ausgesucht. An den Wochenenden stehen wir jedoch gemeinsam in der Küche.«

»Ich kann überhaupt nicht kochen und das Interesse fehlt bei mir vollkommen. Bei uns macht das alles Beeke. Schon immer, auch wegen der Kinder.

Sie mussten ja essen. Ich profitierte auch davon«, sagte er und grinste.

»Wie geht es deiner Familie? Was machen deine Kinder?«

»Beeke geht es gut. Wie du weißt, arbeitete sie als Innenarchitektin. Sie ist nun seit einem Jahr im Ruhestand. Jetzt hilft sie nur noch privat Wohnungen oder Häuser einzurichten. Dörte, die Älteste, wohnt in Amsterdam mit ihrem Mann und ihrem Sohn. Sie arbeitet nicht mehr. Ihr Mann ist Beamter in der Finanzdirektion. Unser Sohn Piet ist Kapitän auf einem Containerschiff und immer unterwegs. Er ist deshalb auch nicht verheiratet.«

»Dann geht es allen gut, das freut mich sehr.«

»Warum habt ihr eigentlich keine Kinder? Ich habe Lieke nie dazu befragt. Es war mir zu persönlich und deshalb habe ich es gelassen.«

»Lieke hatte, zwei Jahre nach unserem Umzug nach Wiesbaden, einen schweren Verkehrsunfall. Sie war damals im sechsten Monat schwanger. Leider konnte unser Kind nicht gerettet werden. Sie hatte eine Fehlgeburt und konnte auch keine Kinder mehr bekommen. Es war damals sehr schwer für uns. Aber die Zeit heilte alle Wunden und wir haben uns damit abgefunden. Eine Adoption kam nie in Frage. Wir hatten uns und das sollte genügen.«

Erik beließ es dabei und stellte auch keine weiteren Fragen.

Sie aßen, tranken Bier, und unterhielten sich bis tief in die Nacht hinein.

»Erik, was ich dich noch fragen wollte, habt ihr noch das Haus in Kanada?«

»Ja, haben wir noch. Wir überlegen es jedoch, zu verkaufen. Wir waren vor zwei Jahren das letzte Mal mit der ganzen Familie dort. Leider hat keiner der Kinder Interesse daran, es zu übernehmen. Es wäre auch viel zu weit. Sie fahren lieber in wärmere Gefilde. Warum fragst du?«

»Ich erwäge mit Lieke wegzuziehen. Ich möchte mit ihr ganz abgeschieden die letzten Wochen, Monate oder vielleicht Jahre verbringen. Deshalb frage ich, und das Haus in Kanada wäre der richtige Ort dafür. Ich würde es gerne mieten.«

»Natürlich bekommt ihr es, und könnt solange darin wohnen, wie ihr Lust dazu habt. Das ist unser Geschenk an euch.«

»Ich möchte es aber gerne mieten. Ich könnte es dir auch abkaufen.«

»Das kommt überhaupt nicht in Frage. Ihr könnt es solange bewohnen, wie ihr es benötigt. Das ist doch selbstverständlich.«

»Dann bedanke ich mich. Es ist sehr nett von dir. Ich habe meine Praxis schon verkauft und unser Haus werde ich so lange vermieten. Es ist unser Wunsch, das Haus in Kanada nochmal zu sehen.«

Sie stießen mit einer neuen Flasche Bier an und Erik hielt seine gen Himmel.

»Ich wünsche mir, dass Lieke wieder gesund wird und ihr den Rest eures Lebens glücklich verbringen könnt.«

110

»Das wünsche ich mir auch. Obwohl ich ein Optimist bin, glaube ich nicht daran. Lassen wir uns überraschen. Zuerst müssen wir die OP abwarten. Sie wird es zeigen.«

»Du rufst mich an, sobald du weißt, wie die OP ausgegangen ist. Den Schlüssel und die Papiere schicke ich dir per Einschreiben.«

»Selbstverständlich rufe ich dich sofort an. Ich finde es toll, dass du uns das Haus überlässt. Für Lieke soll das eine schöne und große Überraschung werden. Hoffentlich ist sie nicht sauer, dass ich alles mit dir und ohne sie ausgemacht habe.«

»Ich glaube nicht. Sie wird es begrüßen raus aus dem Alltag zu kommen und in die Abgeschiedenheit zu fliehen. Sie hat das Haus sehr geliebt. Kannst du dich noch erinnern, dass sie gesagt hat, dass sie das Haus gerne kaufen würde, sobald wir es loswerden wollten. Sie wird sich wohlfühlen. Vielleicht trägt es zur Gesundung bei.«

»Ach Erik, warum musste dieser Scheiß Tumor ausgerechnet unsere Lieke aussuchen? Lieke ist so ein liebenswerter und wertvoller Mensch. Sie kann keinem etwas zu Leide tun. Sie respektiert jedes Lebewesen. Nicht einmal einer Fliege kann sie etwas antun. Um jeden Käfer, oder was auf dem Boden kreucht und fleucht, macht sie einen Bogen - nur um dem Wesen nichts anzutun. Es tut mir weh, sie so leiden zu sehen. Ich möchte sie mir nicht vorstellen, wenn sie erfährt, dass der Tumor doch nicht zu heilen ist. Weißt du Erik, manchmal spürt man, dass was Schlimmes bevorsteht. Man kann es spüren. Man hat so ein Bauchgefühl. Nachts kann man nicht schlafen. Man ist so unruhig und im Kopf sagen dir Stimmen, dass etwas Schreckliches geschehen wird und man nichts tun kann, um es zu verhindern. So habe ich es erlebt, als Lieke erkrankte.«

»Ja, das kenne ich. Ähnliches habe ich auch schon erlebt, als unser Sohn den Unfall mit seinem Rad hatte. Jetzt, mein lieber Alex, kommt es auf dich an. Du musst ihr helfen und ihr zur Seite stehen. Falls der Tumor noch entfernt werden kann, wird es deine Aufgabe sein, ihr das restliche Leben so angenehm wie möglich zu machen.«

»Das werde ich natürlich tun, das ist doch selbstverständlich. Ich habe sie einmal enttäuscht. Aber das wird nie mehr vorkommen. Ich werde bis zu ihrem letzten Atemzug an ihrer Seite stehen. Das schwöre ich dir. Nie würde ich sie im Stich lassen. Nie!«

Den letzten Satz konnte Erik nur erahnen, denn Alexander konnte seine Gefühle nicht mehr verbergen. Rasch ging er aus dem Zimmer und weinte.

Erik blieb sitzen. Auch er konnte seine Tränen nicht mehr zurückhalten.

Viele Minuten später schnäuzten sie beide in ihre Taschentücher und räusperten sich verlegen.

Die beiden Freunde saßen noch Stunden im Wohnzimmer, tranken ein Bier und schwelgten in der Vergangenheit.

Am nächsten Morgen fuhr Alexander Erik zum Flughafen nach Frankfurt.

»Machs gut, mein Freund. Viele Grüße an deine Familie. Sobald ich weiß, wie es mit Lieke weitergeht, rufe ich dich an.«

»Mache ich. Drücke meine Schwester und gebe ihr einen Kuss von mir. Ich schicke dir dann alles Notwendige vom Haus. Bis dann mein Freund.«

Alexander nickte und winkte seinem Freund und Schwager mit feuchten Augen nach.

8

Es war ein herrlicher Montagmorgen im September 1982.

Alexander hatte sich in der Praxis gut eingelebt.

Am Anfang lernte er entweder bei seinem Onkel oder assistierte bei den zwei anderen Ärzten.

Er arbeitete sich mühelos ein.

Nach und nach entwickelte er sich zu einem vollwertigen Zahnarzt.

Onkel Franz übergab seinem Neffen die Praxis und half nur noch bei Bedarf mit.

Lieke hatte, wie auch schon erwartet, eine Anstellung als Anwältin in einer Gemeinschaftskanzlei übernommen und war zuständig für Familienrecht.

Innerhalb kurzer Zeit arbeitete sie sich ein, und war bei ihren Kollegen sehr beliebt.

Alexander bereitete wie immer das Frühstück und Lieke stieß etwas später hinzu.

So auch an diesem Morgen.

»Hallo mein Schatz. Wie geht es dir? Gut geschlafen?«

»Sehr gut. Danke. Nur er hat mir die ganze Nacht keine Ruhe gelassen. Immer wieder hat er mich getreten. Es war wunderschön.«

Lieke sah Alexander glücklich an, lächelte und deutete auf ihren runden Bauch.

»Wieso sagst du immer ER? Wir wissen noch nicht was es für ein Geschlecht ist. Du wolltest es doch nicht wissen.«

Alexander ging auf sie zu und legte seine Hand auf ihren Bauch.

»Jetzt hat ER oder SIE mich getreten. Als wollte es sagen, „Hau ab, lass mich in Ruhe. Ich will noch schlafen".«

»Ich will es auch nicht wissen. Es soll ein Überraschungskind sein. Das ist doch schön so, oder?«

»Ja, so ist es ausgemacht, ich weiß. Jetzt würde ich aber es doch gerne wissen. Auch welche Farbe soll das Kinderzimmer haben? Blau oder Rosa? Das sind doch sehr wichtige Fragen oder nicht? Aber, belassen wir es dabei. Lass uns frühstücken.«

»Stimmt, das sind wirklich elementare Fragen«, lachte Lieke und ihr dicker Bauch wippte.

Beide frühstückten gemütlich und redeten über dies und jenes oder welche Termine an diesem Tag auf sie zukommen würden.

»Wie geht es in der Praxis? Du hast schon lange nichts darüber berichtet.«

»Es läuft alles prima. Ich bin jetzt richtig in die Praxis mit eingebunden. Natürlich kann ich noch nicht ganz so viel wie die anderen, aber ich bemühe mich, alles so schnell zu erlernen wie es nur geht. Heute muss ich zum Beispiel eine Impaktion, also ein verhinderter Zahndurchbruch bei einem jungen Mann durchführen. Für dich als Laie bedeutet das: Zähne, die im Kiefer nicht in richtiger Position liegen, sind verlagert und bleiben häufig retiniert. Das heißt also, dass der Zahn, zum Beispiel ein Weisheitszahn, am Durchbruch in die Mundhöhle meist wegen Platzmangel behindert ist. Durch einen kleinen chirurgischen Eingriff wollen wir den Zahn freilegen. Dies wollen wir heute Morgen durchführen. Franz wird mir dabei zuschauen und bei Bedarf unter die Arme greifen.«

»Bist du nervös?«

»Noch nicht. Das wird kurz vor dem Eingriff schon noch kommen. Ich habe mich gestern Abend bisschen schlaugemacht und über die Prozedur nachgelesen. Es kommt sowieso immer anders, als man denkt. Es wird schon schiefgehen.«

»Du schaffst das schon. Dessen bin ich mir ganz sicher. Ich wünsche dir viel Erfolg, mein Schatz.«

Alexander nickte und kaute genüsslich an seinem Croissant.

»Und an welchem Fall arbeitest du heute?«

»Das ist ein Fall, der mir wieder einmal sehr nahegeht. Ein Ehepaar, seit sieben Jahren verheiratet, will sich scheiden lassen. Sie haben eine Tochter und die Mutter will das alleinige Sorgerecht bekommen und nun streiten sie vor Gericht. Ich vertrete die Mutter. Dem Vater will sie kein Besuchsrecht einräumen. Das heißt wieder einmal, dass das Kind hin und her gerissen wird. Für die Psyche des Kindes ist dies reines Gift.«

»Warum? Ist was mit dem Vater?«

»Ja, er trinkt und hat wohl auch ein Problem mit Drogen. Sie fordert, dass er eine Entziehungskur macht. Erst wenn er clean ist, könnte man nochmals darüber verhandeln. Dem stimme ich voll zu und versuche, dass diese Frau ihr Recht bekommen wird. Ich hoffe nur, dass der Vater eine Therapie macht und er dann ebenfalls das Besuchsrecht erhält. Zum Wohle des Kindes.«

»Wie immer sind die Kinder die Leidtragenden. Das Mädchen liebt bestimmt ihren Vater.«

»Ich denke schon. Es nutzt aber nichts. Das Kind ist gerade mal sieben Jahre alt. Ein Psychologe hat mit der Kleinen gesprochen. Das Ergebnis werden wir heute erfahren. Naja, es ist alles nicht so leicht im Familienrecht.«

»Dann wünsche ich dir, dass es genauso kommen wird, wie du und die Ehefrau es sich wünschen. Und, dass der Ehemann sich ändern wird.«

Lieke machte sich fertig und verließ als Erste das Haus.

Sie fuhr mit ihrem VW-Polo immer den gleichen Weg zur Kanzlei.

An der Bahnhofstraße musste sie an einer Ampel anhalten.

Als die Ampel wieder auf Grün schaltete, fuhr sie los.

Plötzlich kam links, von der Rheinstraße her, ein Kleintransporter mit erhöhtem Tempo herangerast. Ungebremst donnerte er in die linke Seite des kleinen Polos. Ausgerechnet in die linke Seite! Liekes kleines Fahrzeug drehte sich. Von der Wucht des Aufpralls wurde er noch einige Meter mitgeschoben.

Innerhalb weniger Sekunden waren etliche Helfer dabei nach Lieke zu sehen.

Ein Passant betätigte den Notruf und der Krankenwagen war in wenigen Minuten zur Stelle.

Die Polizei sperrte die gesamte Unfallstelle und vernahm den Fahrer des Sprinters.

Ein Alkoholtest ergab einen Wert von 1,4 Promille.

Die Feuerwehr musste den kleinen Polo mit einer Spezialschere aufschneiden, damit die schwerverletzte und bewusstlose Lieke herausgeholt werden konnte.

Noch am Unfallort wurde sie versorgt und dann mit Blaulicht und Martinshorn in das nahegelegene St. Josefs-Hospital transportiert.

Unterdessen war Alexander gerade damit beschäftigt, das Geschirr in den Geschirrspüler zu räumen und den Tisch abzuputzen, als es an der Tür klingelte.

Zwei Polizisten standen vor der Tür und baten hereinkommen zu dürfen. Sie berichteten ihm von Liekes Unfall.

»Waas? Wie ist denn das passiert? In welches Krankenhaus wurde sie eingeliefert?«

Die Polizisten beantworteten geduldig Alexanders Fragen.

So schnell er konnte, zog er sich an und fuhr in das Krankenhaus.

Nervös fragte er an der Rezeption nach seiner Frau.

Ein kurzes Telefonat der Schwester ergab, dass Lieke sofort in den Operationssaal gebracht worden war.

»Wieso Operationssaal? Was ist mit ihr? Kann ich zu ihr?«

Eine Schwester hatte in der Zwischenzeit einen Arzt hinzugerufen.

Dieser konnte dem völlig aufgelösten Ehemann nichts Näheres mitteilen.

Sie versuchten Alexander zu beruhigen und baten ihn sich hinzusetzen.

Es dauerte über zwei Stunden, bis endlich der behandelte Arzt im weißen Kittel erschien.

»Herr Hemmelskamp?«

Alexander saß vornübergebeugt auf einem Stuhl und fuhr erschrocken hoch.

»Ja.«

»Herr Hemmelskamp, ihre Frau hatte einen sehr schweren Unfall. Unter anderem innere Verletzungen …»

Weiter kam der Arzt nicht, denn Alexander unterbrach ihn aufgeregt.

»Wo ist sie? Kann ich zu ihr?«

»Bitte beruhigen Sie sich. Kommen Sie bitte mit in mein Büro.«

Alexander wollte jetzt in kein Büro, sondern zu seiner Lieke. Schnellen Schrittes gingen beide in das Zimmer des Arztes.

»Bitte setzen Sie sich. Wie ich schon sagte, Ihrer Frau geht es nicht gut. Wir haben sie eingehend untersucht. Dabei haben wir eine Beckenprellung, etliche Rippenbrüche und einen Bruch im linken Arm festgestellt.«

»Und was ist mit unserem Kind? Ist es wohlauf?«

»Leider konnten wir ihr Kind nicht retten. Es hat den Unfall nicht überlebt. Es tut mir sehr leid.«

»Oh, mein Gott. Was sagt meine Frau?«

»Sie weiß es noch nicht. Wir mussten das Kind per Kaiserschnitt entbinden. Sie befindet sich noch in der Narkose. Wissen Sie, in welchem Monat Ihre Frau schwanger war?«

»Ende des sechsten Monats. Welches Geschlecht hatte unser Kind?«, antwortete Alexander und verstand die Welt nicht mehr.

»Es tut mir sehr leid, dass wir Ihr Kind nicht retten konnten. Es war ein Junge.«

»Sie können ja nichts dafür. Wann kann ich meine Frau sehen?«

Alexander sah erst den Arzt an und dann auf das Namenschild, das auf dem Tisch vor ihm stand.

»Dr. Habermann«, las er leise vor.

Der Arzt nickte kurz, während er mit einer Schwester telefonierte.

»Sie ist noch im Aufwachraum. Es wird nicht mehr lange dauern, bis sie auf ihr Zimmer kommt.«

»Und wann kann ich sie endlich sehen? Ich will bei ihr sein, wenn sie aufwacht.«

»Sie war schon kurz wach. Sie wird in wenigen Minuten auf ihr Zimmer gebracht.«

»Ich möchte, dass sie die Unterbringung in ein Einzelbettzimmer veranlassen. Ist das möglich?«

Dr. Habermann telefonierte abermals.

»Das Einzelzimmer ist möglich. Ich habe es der Schwester an der Rezeption mitgeteilt. Ihre Frau bekommt das Zimmer. Schwester Anna wird Ihnen den Weg zeigen.«

Alexander bedankte sich und beide verließen das Büro.

Die Schwester begleitete ihn zu Lieke.

An etlichen Schläuchen und Kabeln angeschlossen lag Lieke mit geschlossenen Augen im Bett.

Alexander verharrte wie versteinert.

Lange blickte er Lieke an.

Tränen voller Mitleid und Traurigkeit liefen über seine Wangen.

»Wie wird sie reagieren, wenn sie erfährt, dass sie ihr Kind ...«, schoss es durch seinen Kopf. Es war schrecklich sie so zu sehen.

In der Hektik hatte er vergessen, in der Praxis Bescheid zu geben. Auch Liekes Vorgesetzter unterrichtete er.

Er nahm einen Stuhl und setzte sich zu ihr.

Viele Gedanken schwirrten in seinem Kopf.

Immer wieder von Weinkrämpfen geschüttelt, ging er in das Badezimmer um einen kalten Wasserstrahl über sein Gesicht laufen zu lassen.

Als er abermals aus dem Bad erschien, sah er, dass Lieke die Augen geöffnet hatte.

»Liebling, du bist wach?«

»Wo bin ich? Was ist geschehen?«

»Du hattest einen Autounfall.«

»Ist mein Auto kaputt?«

»Ja, Totalschaden. Aber, das ist egal. Du hast einiges abbekommen. Du hast einige Verletzungen.«

Liekes Hand strich zunächst über ihren Kopf. Anschließend tastete sie ihre Rippen ab.

Erst jetzt schien sie den Mut aufzubringen, noch leicht benommen, vorsichtig und zitternd über ihren Bauch zu streichen.

»Mein Baby! Was ist mit unserem Baby?!«, krächzte sie mit belegter Stimme und aufgerissenen Augen.

Alexander musste schlucken und mit belegter Stimme erzählte er ihr, was Dr. Habermann ihm mitgeteilt hatte.

Lieke weinte, sie konnte es nicht fassen, dass sie ihr Kind verloren hatte.

Sie weinte so sehr, dass Alexander nach einer Schwester klingeln musste.

Der Doktor und zwei Schwestern erschienen im Zimmer und kümmerten sich um sie.

In eine Kanüle gab der Arzt ein weiteres Beruhigungsmittel.

Langsam wurde Lieke ruhiger.

Wenige Minuten später erlöste sie der Schlaf.

Alexander war beunruhigt.

»Was soll ich nur tun, wenn sie aufwacht, und sie wieder nach ihrem Kind fragt?«, hämmerte es in Alexanders Kopf.

Die Schwester ahnte wohl, was in ihm vorging.

»Dann klingeln Sie bitte gleich wieder«, sagte sie in beruhigendem Tonfall.

»Und es geht wieder von vorne los oder was?«

»Ich denke, dass wir einen Psychologen hinzuziehen sollten. Er wird ihr sicher helfen können.«

Alexander war einverstanden und wandte sich wieder Lieke zu, um ihre Hand zu halten.

Die ganze Nacht wachte er bei ihr.

Einige Male wachte sie kurz auf, um dann sofort wieder einzuschlafen.

Als am Morgen gegen sieben Uhr die Tür geöffnet wurde und eine Schwester ein Tablet mit Zwieback und Tee hereinbrachte, wachte Lieke auf und sah sich verwirrt im Zimmer um.

»Alex, wo bin ich?«, fragte sie wieder mit leiser Stimme.

»Im Krankenhaus mein Schatz. Die Schwester hat dir Tee und Zwieback gebracht.«

Die Schwester erhöhte das Kopfteil etwas und stellte das Tablet ab.

»Dr. Habermann kommt nachher zu Ihnen.«

»Weißt du noch, was wir gestern Abend besprochen hatten?«

»Ich erinnere mich, dass du gesagt hattest, ich hätte einen Unfall gehabt.«

»Sonst an nichts mehr?«

»Doch«, antwortete sie und begann wieder zu weinen.

»Du hattest mir gesagt, dass unser Kind ...«

Weiter konnte sie nicht. Ihre Stimme versagte.

Alexander nickte und streichelte ihre Hand.

»Ja mein Schatz. Es tut mir so leid. Es war ein Junge.«

Unzählige Stunden weinten und trauerten sie um ihr totes Kind.

Einige Tage später, nachdem ihr Junge auf dem Nordfriedhof beerdigt worden war, nahmen beide Urlaub, um ihre Trauer alleine und für sich zu verarbeiten.

Lieke war zwar die Stärkere von beiden, aber sie konnte den Verlust noch lange nicht verarbeiten.

124

Nach ihrem Unfall und dem Verlust ihres Kindes, war Lieke viel ernster geworden.

Sie war nicht mehr so fröhlich wie zuvor.

Nach Alexanders Auffassung hatte sich Lieke in den letzten zwei Monaten wieder gefasst, und war auch wieder voll in ihrem Beruf engagiert.

Eines Tages, es war im November 82, kam Alexander etwas später als sonst nach Hause.

Er rief nach Lieke, erhielt jedoch keine Antwort.

Lief durch das Haus und suchte sie.

Eigentlich hätte er im Bad anfangen müssen, tat es aber aus unerfindlichen Gründen erst ganz zum Schluss.

Als er die Tür zum Badezimmer öffnen wollte, stieß er auf einen Widerstand.

Er drückte die Tür fest nach innen.

Durch den schmalen Spalt hindurch sah er Lieke auf dem Boden liegen.

Er rief ihren Namen, hörte aber nur ein leises Stöhnen.

Jetzt drückte er noch heftiger gegen den Widerstand und hatte Glück.

Alexander konnte Lieke soweit nach innen drücken, dass er sich durch die Öffnung zwängen konnte.

Lieke lag auf dem Boden und war offensichtlich bewusstlos.

Er hob sie hoch und rief wiederholt ihren Namen.

Erst jetzt sah Alexander ein kleines, schmales Päckchen Tabletten auf dem Boden liegen. Er erkannte sofort, dass es sich um Triazolam Schlaftabletten handelte. Diese nahm Lieke nur ab und zu, wenn sie Schlafstörungen hatte.

Alexander fühlte ihren Puls und rief aufgeregt und wiederholend ihren Namen.

Er wusste, dass er jetzt rasch handeln musste. Es gelang ihm, Lieke über den Rand der Badewanne zu legen.

Vorsichtig und mit Nachdruck steckte er seinen Finger in Liekes Hals.

Es musste ihm gelingen, einen Brechreiz auszulösen. Immer wieder versuchte er die gleiche Prozedur und rief dabei ihren Namen.

Lieke würgte und würgte. Aber es wollte nichts aus ihr herausbrechen.

Endlich, nach unzähligen Versuchen, übergab sie sich, und ein Schwall brauner Flüssigkeit schoss aus ihrem Magen. Als nichts mehr kam, nahm er einen Waschlappen und legte ihn über ihren Nacken. Zitternd gelang es ihm, Lieke auf dem Boden des Bades in eine Seitenlage zu positionieren. Danach eilte er zum Telefon, um den Notdienst anzurufen.

Binnen zehn Minuten erschien ein Krankenwagen. Es waren die gleichen Sanitäter wie vor einigen Wochen bei ihrem Unfall.

Alex fuhr mit in das St. Josefs-Hospital. Die jungen Sanitäter berichteten an der Pforte von Liekes Suizidversuches mit Triazolam.

Ein Arzt und zwei Schwestern kümmerten sich sofort um sie.

Alexander musste abermals draußen bleiben.

Es dauerte und Alexander wurde sichtlich nervös.

Als er sich schon aufmachen wollte, um nach seiner Frau zu fragen, erschien Dr. Zagev, wie sein Namenschild verriet.

»Dr. Hemmelskamp, ihrer Frau geht es besser. Sie ist außer Lebensgefahr, die bestand auch nie wirklich. Dazu war die eingenommene Tablettenmenge zu gering. Wir wollen sie auf jeden Fall noch über Nacht bei uns behalten. Morgen früh, wenn nichts dazwischenkommen sollte, können Sie sie wieder abholen. Sie sollten sie jetzt auch nicht stören.«, sprach er in gebrochenem Deutsch.

Alexander war über die Nachricht sehr erleichtert.

»Vielen Dank für diese tolle Information. Ich komme dann morgen früh. Bis dann.«

Er war glücklich. Lieke lebte.

Nur das zählte.

Nichts sonst.

Für ihn, Alexander, wäre es unvorstellbar gewesen, innerhalb weniger Wochen sein Kind und nun auch seine geliebte Frau zu verlieren.

Das hätte er nicht verkraftet.

Am nächsten Morgen fuhr er gegen zehn Uhr in das Krankenhaus, um seine Lieke abzuholen.

Als er ankam, saß sie schon im Eingangsbereich auf einem Sessel.

»Hallo, Schatz, wie geht es dir?«

Lieke mochte ihn vor Scham nicht ansehen, sondern starrte auf den Boden.

Sie weinte.

»Es tut mir so leid.«

Alexander nahm sie in den Arm, um sie zu trösten.

»Ist schon gut. Komm, lass uns nach Hause gehen.«

Seinen alten Mercedes hatte er vor dem Eingang geparkt.

So konnte Lieke direkt und ohne große Umwege einsteigen.

»Ich weiß nicht, warum ich das getan habe. Ich habe nicht an dich gedacht. Es war egoistisch von mir. Ich war so verzweifelt, dass ich unser Kind verloren hatte. Es war eine Kurzschlussreaktion. Bitte verzeih mir.«

»Ist schon gut mein Schatz. Da hast du mir einen ordentlichen Schrecken eingejagt. Du bist wieder auf den Beinen und das ist die Hauptsache.«

Lieke legte ihren Kopf auf seine Schulter und schloss die Augen.

Als Alexander das Fahrzeug vor dem Haus parkte, schlug sie die Augen wieder auf.

Er half ihr beim Aussteigen.

»Hast du eigentlich deine Antidepressiva eingenommen?«

»Nein, schon lange nicht mehr. Ich will dieses Zeug nicht mehr nehmen. Ich habe immer Schwindelgefühle und starke Kopfschmerzen davon bekommen. Seit ich sie nicht mehr einnehme, sind diese Symptome verschwunden.«

»Da hast du richtig gehandelt. Hast du das deinem Arzt schon mitgeteilt?«

»Ja, telefonisch.«

»Und was sagt er?«

»Nix.«

»Nix?«

»Ja Kruzitürken, was ist denn das für ein Volldepp?«

»Ist schon gut, der hat mir sowieso nicht zugesagt. Ich werde einen anderen konsultieren.«

Dabei beließen sie es und Alexander führte Lieke in ihr Schlafzimmer.

Er half ihr beim Ausziehen und steckte sie ins Bett.

»So, mein Schatz, jetzt ruhe dich etwas aus und wenn du etwas brauchst, dann rufe mich bitte. Ich schaue ab und zu nach dir. Ich muss noch ein paar Telefonate führen.«

Alexander rief nochmals die Kanzlei und seine Praxis an, teilte ihnen mit, dass Lieke erkrankt sei, und entschuldigte Lieke und sich.

Als er die Telefonate hinter sich gebracht hatte, ging er ins Wohnzimmer und sah auf dem Tisch einen Briefumschlag mit der Aufschrift „Alex".

Er konnte sich denken, was das bedeuten sollte.

In seiner Hand hielt er den noch geschlossenen Umschlag.

Es war Liekes Abschiedsbrief.

Er fragte sich, ob er ihn öffnen sollte, oder vernichten.

Lange stand er da, wog den Umschlag in seiner Hand und überlegte.

»Nein, den werde ich nicht öffnen. Sie lebt und es gibt keinen Grund ihn zu lesen«, sagte er leise, ging zum offenen Kamin und verbrannte ihn.

Kaum hatte er ihn entsorgt, hörte er Lieke schon rufen.

Er ging nach oben und sah eine aufgeregte Lieke.

»Hast du den Brief im Wohnzimmer gesehen?«

»Ja, habe ich.«

»Hast du ihn geöffnet und gelesen?«

»Nein, habe ich nicht. Ich habe ihn verbrannt.«

Lieke atmete erleichtert auf, sank wieder zurück in ihr Kissen und schloss ihre Augen.

»Vielen Dank. Das war richtig von dir.«

Alexander stand noch in der Tür und sah sie noch lange an.

Eigentlich hätte er zu gerne gewusst, was in diesem Brief stand.

Aber es war besser so.

Vielleicht wäre es ihr, wenn er den Brief geöffnet und gelesen hätte, peinlich gewesen.

So war es besser.

Nach einer gewissen Zeit, Lieke hatte diese Auszeit sehr dringend benötigt, hatten sie sich wiedergefunden.

Lieke hatte sich mit ihrem Los abgefunden und kehrte in den Alltag zurück.

Sie konnte ihren Beruf wieder voll bewältigen, und kämpfte sich in der Hierarchie immer weiter nach oben.

Alexander war inzwischen ein hervorragender Zahnarzt geworden. Sein Onkel und alle die mit ihm arbeiteten, lobten ihn über alles.

Langsam reifte er zum Chef seiner Praxis heran.

Es wurden harte, arbeitsreiche und entbehrungsreiche Jahre ohne nennenswerte Höhepunkte.

Die Frage nach einem Kind erübrigte sich, da der Arzt ihr mitgeteilt hatte, dass sie keine Kinder mehr bekommen könne.

Eine Adoption kam für sie nie in Frage.

Dennoch: Die Zeit heilte alle ihre Wunden und sie haben sich damit abgefunden.

9

Für Lieke wurde es ernst.
Die Operation an ihrem Kopf kam immer näher.

Im April 2016 war es dann so weit.

Am Morgen der OP wurde es hektisch, aber
nicht hektisch im Sinne von Chaos oder durcheinander. Nein. Es war eine geordnete Hektik. Jeder
wusste, was er zu tun hatte.

Schwester Erika, die Stationsschwester, kam mit
einem Glas Wasser und einer Tablette zu Lieke.
»Ich gebe Ihnen jetzt eine Tablette Dormicum,
das ist zur Beruhigung.«
Lieke wurde für die OP vorbereitet.
Immer weniger bekam sie von dem ganzen Trei-
ben mit.
Die Tablette wirkte sensationell.

Auf der Fahrt zur Narkoseeinleitung sah sie, wie
die Leuchtstoffröhren über ihr vorbeiflitzen und sie
musste lachen.

Dann wurde es dunkel und sie schlief ein.

Nach etwa acht Stunden neurochirurgischer Behandlung und der Narkoseausleitung auf der Intensivstation, wachte sie auf.

Eine Schwester war sofort zur Stelle und sah nach ihr.

»Alles in Ordnung Frau Hemmelskamp. Es ist alles gut gegangen. Schlafen Sie noch etwas.«

Das hätte die gute Schwester nicht sagen müssen, denn Lieke war bereits wieder in einen Tiefschlaf gefallen.

Die Nacht verbrachte Lieke noch auf der Intensivstation. Am nächsten Morgen ging es wieder zurück auf die normale Station der Neurochirurgie.

Gegen neun Uhr erschien Alexander im Krankenhaus und ging mit schnellen Schritten den Gang entlang zu Liekes Zimmer.

Da lag sie nun, mit einem dicken Kopfverband und schlief.

Alexander stand vor ihrem Bett und er konnte die Tränen nicht zurückhalten. Warum auch. Seine geliebte Frau so zu sehen, tat ihm weh. Sein Herz verkrampfte sich und er griff sich an die Brust. Es war nicht sein Herz, es war seine Unfähigkeit zu helfen, was ihn belastete.

Als Arzt war er dazu da, Patienten zu helfen, ihnen Linderung zu verschaffen. Und jetzt, heute, war er zum Zuschauen verdammt. Das machte ihm schwer zu schaffen.

Dies, und nur dies, ließ sein Herz verkrampfen.

Lange stand er da und beobachtete seine Lieke.

Sie musste es irgendwie ahnen, dass jemand sie ansah, denn sie öffnete ihre Augen - und sah ihren Alex.

»Hallo, Liebling. Du bist es. Mein Gefühl sagte mir, da schaut mich einer an. Ich freue mich, dass du es bist.«

»Wie geht es dir mein Schatz?«, fragte er mit leiser Stimme und setzte sich auf den Bettrand.

»Ich glaube ganz gut. Ich kann mich nicht so gut konzentrieren. Wenn die Schwester etwas zu mir sagt, dann dauert es, bis ich es so richtig verarbeiten kann.«

»Das wird schon wieder. Hat schon einer der Ärzte mit dir gesprochen?«

»Nein, noch nicht. Dr. Reinhard hat versprochen, gleich nach der Operation zu kommen.«

»Hast du Schmerzen?«

»Nein. Eigentlich nicht.«

»Was heißt eigentlich …«

Den Satz konnte er nicht mehr vollenden, denn Dr. Reinhard erschien im Zimmer.

»Wir hatten gerade von ihnen gesprochen«, begrüßte er den Arzt.

»Wie geht es Ihnen?«, fragte er mit Blick auf Lieke.

»Bis jetzt ganz gut. Wie wird es aussehen, wenn die schmerzlindernden Mittel nachlassen?«

»Dann bekommen Sie wieder etwas gegen die Schmerzen.«

»Ist die OP gelungen?«, fragte Alexander gespannt.

»Wir haben versucht den Tumor mit einer Komplettresektion zu entfernen. Leider ist uns das nicht ganz gelungen. Das Glio war ungefähr 9x3cm groß. Wir konnten ungefähr zwischen 87 und 92 Prozent entfernen.«

»Und was wird jetzt?«, fragte Alexander enttäuscht und aufgeregt.

»Wir werden in Kürze mit einer Kombination aus Radiotherapie und einer Chemotherapie mit dem Wirkstoff Temozolomid fortfahren. Dann werden wir in zwei Tagen eine funktionelle MRT zur Erfolgskontrolle durchführen. Erst dann können wir sehen, wieviel wir bei einer eventuell erneuten OP entfernen können oder müssen.«

Lieke und Alexander hörten Dr. Reinhard aufmerksam zu.

»Was ist eine funktionelle MRT?«, fragte Alexander.

»Die vorrangige Indikation einer fMRT-Untersuchung ist die Diagnostik vor Hirnoperationen und die Fragestellung der räumlichen Lage der Sprachareale. Dies gilt besonders wenn das Zielareal der Operation nahe an den, für Sprache zuständigen, Hirnarealen liegt. In den meisten Fällen, sowohl bei den Rechts- als auch Linkshändern, sind die Sprachzentren in der linken Großhirnhemisphäre lokalisiert. Es bleibt aber eine Restwahrscheinlichkeit, dass das Sprachzentrum rechts liegt.

Bei Planung eines neurochirurgischen Eingriffes ist es wichtig zu wissen, welche Folgen die OP für den Patienten haben könnte, und die fMRT hilft eventuelle Komplikationen abzuschätzen.

Insgesamt ist der Ablauf der Untersuchung sehr ähnlich zur „normalen" MRT. Der Patient wird aber während der Untersuchung über Kopfhörer gebeten, beispielsweise den Arm zu bewegen.

Bei Untersuchung der Sprachzentren werden dem Patienten Substantive vorgelesen, zu denen er sich passende Verben ausdenken muss. Zusätzlich zu diesen „speziellen" Teil der Untersuchung werden oft anatomische Sequenzen durchgeführt, um die Lokalisation der Aktivierungen mit einem hochaufgelösten, anatomischen Bild des Gehirns verbinden zu können. Deshalb ist Ihre Mitarbeit sehr wichtig.«

Alexander sah Lieke ernst an.

»Ich glaube, wir haben es verstanden oder?«

»Ich glaube schon«, antwortete Lieke leise stockend.

»Und wie geht es dann weiter?«, fragte Alexander den Arzt.

»Zuerst werden wir eine Strahlentherapie durchführen. Die Strahlung ist darauf ausgerichtet in erster Linie das Tumorgewebe zu erreichen und normales, gesundes Gewebe zu schonen. Sie müssen wissen, dass jedes Gewebe, damit auch Tumor und normales gesundes Gewebe, sich aus einzelnen Zellen zusammensetzen.

Normale Zellen, ebenso wie Tumorzellen, unterliegen einer bestimmten Zellteilung, die schließlich zu einer Gewebsvermehrung führt. Im normalen Gewebe unterliegen der Nachschub durch Zellteilung und die Absterberate durch Zellalterung einem fließenden Prozess, der sich in einem Gleichgewicht von Zellbildung und Absterben befindet. Im Tumorgewebe ist dieses Gleichgewicht gestört. Tumorzellen können ungehindert wuchern und schließlich einen Tumor bilden.

Die Strahlung ist in der Lage diesen Zellteilungsprozess zu behindern. Tumorzellen können sich nicht mehr teilen und gehen zu Grunde. Im Gegensatz dazu, können sich normale Zellen von Strahlung erholen und werden nicht abgetötet. Dies wollen wir mit der in der nächsten Woche beginnenden Strahlung erreichen. Begleitend zur begonnenen Strahlentherapie, wird eine Chemotherapie mit Temozolomid durchgeführt. Das ist unser Plan in Kurzform.«

Lieke sah Dr. Reinhard mit großen Augen an.

»Das war doch sehr umfangreich. Wir können nur hoffen, dass das alles helfen wird«, sagte Alexander und betrachtete Lieke an, die das alles nicht so recht verstehen konnte.

»Gut, dann möchte ich Sie wieder alleine lassen. Wenn Sie Fragen oder Wünsche haben, dann lassen Sie es mich bitte wissen. Ich werde nun mit meinen Kollegen sprechen und das Notwendige vorbereiten. Seien Sie optimistisch.«

»Wir versuchen es«, sagte Alexander, sah dabei Lieke an und nickte.

»Hast du alles verstanden, was er gesagt hat?«, fragte Lieke in sehr langsamen Worten.

»Ja, ich denke schon, so kompliziert war es nicht. Ich, wir können nur hoffen, dass alles ... Oh, entschuldige. Ich habe das nicht so gemeint mit dem kompliziert. Ich meinte ... Ach Scheiße, es war schon etwas kompliziert.«

Alexander war es peinlich, dass er nicht nachgedacht hatte.

Lieke konnte die Worte, die sie hörte, nicht mehr so schnell wahrnehmen und in einen Satz zusammensetzen.

Das machte ihn innerlich wütend.

Lieke sah ihren Alex an und winkte mit der Hand.

»Ich habe dich schon verstanden. Ich vertraue Reinhard. Er wird schon das Richtige tun.«

Schleppend kamen die Worte aus ihrem Mund. Man sah, dass sie sich sehr anstrengen musste um die richtigen Buchstaben in ein verständliches Wort zusammenzuführen.

Alexander konnte seine Lieke nicht leiden sehen. Immer wieder standen ihm die Tränen in den Augen und er drehte den Kopf zur Seite um sie verlegen wegzuwischen.

Lange saß er bei ihr, ihre Hände in seine gelegt.

Lieke schlief immer wieder mal ein um dann ihren Alexander liebevoll anzusehen.

Am Abend übernachtete er wieder bei seiner Lieke. Er würde sie niemals mehr alleine lassen. Er fragte sich fast jede Minute, wie lange es ihm noch vergönnt war, sie anzusehen, sie zu berühren und mit ihr zu sprechen.

Lange blieb er wach. Wie jeden Abend betrachtete er sie an, wie sie langsam einschlief, wie sie schlief und ruhig atmete. Er sah auch wie ihre Augen sich bewegten, mal heftig mal langsam. „Sie wird träumen", dachte er und fragte sich, von wem oder was sie wohl träumen würde.

Ob auch er in ihren Träumen vorkommen würde.

Das wünschte er sich.

Nichts war ihm heute wichtiger auf dieser Erde.

10

Lieke fuhr mit ihrer besten Freundin Beeke von Amsterdam nach München zu Eriks Geburtstagsfeier.

Beeke studiert in Amsterdam Architektur.

In Eriks Wohnung angekommen, hörten sie von weitem schon die Musik und die Unterhaltungen.

Erik stand in der Küche und belegte mit einer Freundin Häppchen.

Er drehte sich zur Tür und sah seine kleine Schwester im Türrahmen stehen.

Er ließ das Messer fallen und ging auf sie zu.

Lieke umarmte ihren Bruder und drückte ihn innig.

»Hallo broederhart. Fijne verjaardag. »

»Bedankt, je zou Duits moeten spreken. Niemand anders begrijpt je.«

»Achso, also gut. Alles Gute zu deinem Geburtstag», sagte Lieke in Deutsch und lachte.

Sie lachte. Wie sagte ihre Mutter immer?: „Wie die deutsche Schauspielerin Liselotte Pulver".

Befreiend und aus tiefster Seele.

Dieses Lachen konnte keiner überhören.

Wer dieses fröhliche laute Lachen hörte, wurde

sofort angesteckt und musste mitlachen.

So war es auch bei den anwesenden Gästen.

Sie sahen zu ihr und lachten, oder zumindest lächelten sie.

»Hier ist dein Geschenk«, sagte sie und übergab ihm, mit Hilfe ihrer Freundin, ein riesiges und buntes Paket.

»Und wer bist du?«, fragte Erik.

»Entschuldige, das ist meine Freundin Beeke, sie studiert in Amsterdam Architektur.«

»Ach, bei uns zu Hause. Hallo, grüß dich.«

Erik gab Beeke die Hand und war hingerissen von ihr. Er wollte ihre Hand einfach nicht mehr loslassen. So angenehm war es ihm.

Beeke war es zwar nicht unangenehm, aber sie wurde verlegen, und versuchte, sich aus der sanften Umklammerung zu lösen.

»Hallo, mein Deutsch ist leider nicht so gut.«

»Das macht nichts. Wir haben uns vorgenommen nur in Deutsch zu sprechen, denn so lernt man die Sprache am besten.«

»Ja klar, ich werde mir Mühe geben.«

Irgendwie sprang bei beiden der Funke über.

Noch immer behielt Erik ihre Hand in seiner Obhut.

Lieke sah das, wollte aber die beiden eigentlich nicht stören.

»Alex, dein Päckchen. Entschuldige Beeke.«

Alexander erwachte wie aus einem Traum, nahm das Paket trunken entgegen und packte es langsam aus.

Eine Lage Papier nach der anderen schälte er, wie eine Zwiebel, von dem Paket.

»Was hast du denn da eingepackt?«, fragte er und lachte.

»Lass dich überraschen.«

Endlich, nach zahllosen Lagen Papier, kam als letztes eine Schachtel mit einer blauen Schlaufe zum Vorschein.

Langsam zog er am Ende der Schlaufe.

Er öffnete die Schachtel, und gab einen lauten Schrei von sich.

»Klasse. Danke schön. Das ist das was ich mir auch wünschte und brauche. Das reicht mir Monate.«

Die Gäste, die um sie herumstanden, verstanden die überwältigende Freude, die aus Erik herausbrach, nicht ganz.

Sie konnten nicht wissen, dass Erik so gerne Lakritz und Gummibärchen aß.

Er kaufte sich nie Lakritze oder Gummibärchen. Dies musste immer Lieke tun.

Er wartete oft Wochen und Monate, bis sie ihm welche mitbrachte.

In ihrer Kindheit gab Erik Lieke Geld, um die Naschereien zu kaufen. Und seitdem war es ein fester Brauch in der Familie geworden.

Lieke hatte ihm eine Schachtel mit bestimmt fünf Kilo dieser schwarzen und bunten Süßigkeiten mitgebracht.

Deshalb seine unbändige Freude.

Erik öffnete eine Flasche Sekt und füllte die Gläser mit dem köstlichen Nass.

Er prostete den beiden zu.

Sie freuten sich des Wiedersehens nach langer Zeit.

Lieke sah sich um, und ließ ihre Blicke in die Runde der Gäste gleiten.

Bei einem Gast, der am Fenster stand, blieb ihr Blick abrupt stehen.

Sie stieß ihrer Freundin leicht in die Seite.

»Ist der nicht süß?«

»He, was? Wen meinst du?«

»Na, den am Fenster. Der Große mit den braunen Haaren. Siehst du ihn denn nicht?«

Beeke blickte auffällig in die Runde.

»Und? Siehst du ihn?«, fragte Lieke aufgeregt.

»Ach den meinst du? Ziet er heerlijk uit.«

»Der sieht lecker aus? Was redest du? Der ist doch ein Wahnsinn.«

»Ja zum Anbeißen.«

Beeke übertrieb absichtlich und Lieke stieß ihr wieder leicht in die Seite.

»Du Depp!«

Beide kicherten und sahen sich ihn sehr genau an.

Alexander trank aus seinem Glas und hatte das Gefühl, dass irgendjemand ihn ansah.

Sicher kennt jeder das Gefühl, dass einen jemand von hinten anstarrt.

Viele Leute sagen, es gäbe so etwas wie einen „sechsten Sinn", der uns verrät, wenn uns jemand von hinten ansieht.

Dieser sechste Sinn warnte Alexander, als ihn die beiden ansahen.

Er drehte sich zu ihnen um, und sah in Liekes blaue Augen.

»Oh Gott, er schaut herüber«, sagte sie zu Beeke und drehte sich zu Erik.

»Wie is dit aan het raam?«, fragte sie ihn.

Erik sah sich um, und sah seinen Freund am Fenster stehen.

»Der am Fenster? Wer das ist? Das ist mein Freund Alexander. Warum? Du sollst doch deutsch sprechen.«

»Ich wollte, dass niemand meine Frage versteht. Also dein Freund. Was machte er so? Studiert er auch?«

»Du willst aber ganz schön viel wissen. Warum bist du so nervös? Soll ich dich vorstellen?«

Lieke lief rot an, und schlug mit ihrer Hand auf Eriks Arm.

»Nein, spinnst du?«

Erik ließ Lieke nicht aussprechen und rief unüberhörbar:

»Alex, kannst du mal?«

Alexander hatte alles mitbekommen und sah seinen Freund etwas verlegen an.

Langsam ging er zu ihm und sah zu Lieke.

Irgendetwas ging in ihm vor.

Er spürte eine ungewohnte Wärme in seinem Körper von unten nach oben fließen.

Eine Wärme, die er bisher noch nie gekannt hatte.

In der einen Hand hielt er das Sektglas. Und seine andere Hand tastete fast automatisch an seine Wange.

Er fühlte, dass sie sehr warm wurden.

»Alex, das ist Lieke, meine kleine Schwester.«

Erik sagte immer „Meine kleine Schwester". Dabei war er gerade einmal zwei Jahre älter. Aber das „kleine" hat sie bislang noch nie gestört. Im Gegenteil: Sie liebte es zu sehr, wenn er es sagte.

»Und das ist ihre Freundin Beeke.«

Verlegen stand Alexander vor ihr und schob langsam seine Hand in ihre Richtung.

Lieke sah, dass es ihm warm wurde, denn seine Wangen waren herrlich rot angelaufen.

Kleine Schweißperlen kullerten auf seiner Stirn.

Innerlich musste sie grinsen. Sie streckte ihm ihre Hand entgegen.

Fast zärtlich nahm er ihre Hand und drückte sie ganz leicht. Nicht zu leicht, aber auch nicht zu fest. Eher so ein Mittelding.

»Hallo, ich bin Alex«, stotterte er verlegen.

»Hallo, und ich bin Lieke, Eriks kleine Schwester«, sagte sie in ihrem Holländischen Akzent, den Alexander so gerne mochte.

„Das ist der gleiche Akzent wie bei ihrem Bruder", dachte er.

Alexander stand nun da, sah seinen Freund an, dann Lieke, die ihn ebenso verträumt ansah.

»Prost!«, sagte Erik, um die Stille zu unterbrechen, und hob sein Glas.

Wie aus der Trance erwacht, stießen sie mit ihren Gläsern an. Ein helles Klirren erfüllt den Raum.

Nach dem Schluck Sekt schien der Bann gebrochen und Alexanders rote Wangen gingen zu einer normalen Farbe zurück.

»Was machst du? Studierst du auch?«, fragte Lieke.

Erik schien nun überflüssig zu sein. Deshalb wendete er sich Beeke zu.

»Ich studiere in München Zahnmedizin. Und du? Was machst du?«

»Ich studiere in Groningen Jura.«

»Macht es dir Spaß?«

Alexander wusste ganz genau, dass er Schwachsinn von sich gab.

Warum sollte es ihr keinen Spaß machen, sonst würde sie es wohl nicht gewählt haben.

»Ohja, mir macht es sehr viel Spaß.«

Lieke hingegen stufte die Frage überhaupt nicht als Schwachsinn ein, sondern sah Alexander irgendwie verliebt an.

Sie war hin und weg.

Sie konnte ihren Blick nicht von ihm lassen, was ihm wiederum nicht ganz so behagte.

Seine Wangen fingen wieder an, sich leicht rot zu färben.

Sie fand das irgendwie anziehend und wahnsinnig sexy.

»Magst du noch was trinken?«, unterbrach er Liekes Blicke.

»Ja, gerne.«

»Sekt?«

»Ja, gerne.«

Alexander besorgte den Sekt.

Jetzt standen beide noch sehr lange so da und redeten nur in Kürzeln.

Erik beobachtete die beiden aus der Ferne an und grinste.

Endlich hatte Lieke jemanden gefunden, den sie mit höchster Wahrscheinlichkeit mag.

Er hoffte, dass er mit Beeke ebenso viel Glück haben würde.

Lieke hatte nach ihrer letzten Trennung von ihrem Freund, das war nun auch schon wieder zwei Jahre her, keine weitere feste Beziehung eingegangen.

Nun hoffte Erik, dass dies wieder eine enge Beziehung werden könnte; und das auch noch mit seinem besten Freund.

Natürlich wünscht er sich das auch von ihm und Beeke.

Besser hätte es nicht sein können.

11

Lieke wurde immer depressiver und ihre Lebenslust versiegte völlig.

Dr. Reinhard hatte ihr und Alexander keine große Hoffnung gemacht, kurzfristig das Krankenhaus verlassen zu können.

Ihr Gesicht war mittlerweile vom Kortison aufgeschwemmt und ihre vorher dichten Haare waren ausgefallen.

Alexander konnte das nicht mehr mit ansehen.

Erst gestern hatte Lieke zu ihm gesagt, dass sie nicht mehr leben konnte und auch nicht mehr leben wollte.

»Liebling, bitte halte durch. Bald hast du es geschafft«, hatte er ihr viele Male Hoffnung gemacht.

»Was soll ich denn geschafft haben? Den Tod? Den kann ich auch zuhause abwarten.«

»Bitte, Lieke, rede nicht so.«

»Nein, Alex, ich bitte dich, ich möchte keine weiteren Behandlungen. Ich kann nicht mehr. Bitte, lass uns nach Hause gehen.«

»Gut, mein Liebling. Ich komme gleich wieder.«

Er ging zu Dr. Reinhard, um mit ihm über Liekes Gesundheits- und Gefühlslage zu sprechen.

»Vor drei Tagen haben Sie uns mitgeteilt, dass bei der MRT-Verlaufskontrolle leider festgestellt wurde, dass mit den bisherigen Therapien Operation, Strahlentherapie, viermaliger Chemotherapie mit Temodal und nitrosoharnstoff-basierte Chemotherapie mit CCNU der Tumorprogression ihres Glioblastom kein Einhalt geboten werden konnte. Ich habe das alles aufgeschrieben. Meine Frau kann und will keine weiteren Behandlungen über sich ergehen lassen. Ich stimme ihr zu und wünsche ebenfalls, dass alle weiteren Maßnahmen eingestellt werden.«

»Ich bedauere das sehr. Selbstverständlich habe ich Verständnis und respektiere Ihren Wunsch.«

»Gut.«

Alexander nickte und fragte leicht vorwurfsvoll:

»Würden Sie Ihrer Frau in diesem Zustand eine weitere Behandlung zumuten, und weitere Maßnahmen fortführen?«

Dr. Reinhard sah Alexander lange an.

»Ich glaube, ich würde genauso handeln wie Sie.«

»Vielen Dank, für Ihre ehrliche Antwort. Das wollte ich wissen. Ich bitte Sie, die Entlassungspapiere vorzubereiten, sowie die Krankenakte uns zur Verfügung zu stellen.«

Der Arzt nickte und Alexander verabschiedete sich.

Danach ging er wieder zu Lieke zurück, und berichtete ihr über sein Gespräch mit Reinhard.

»Liebling, ich habe mit Dr. Reinhard gesprochen und ihm deine, unsere, Meinung zu deinem jetzigen Gesundheitszustand und die weiteren vorgesehenen Maßnahmen erläutert. Ich habe ihm auch gesagt, dass du auf alle Therapien verzichtest. Er gab deinem Wunsch nach und lässt die Entlassungspapiere vorbereiten.«

»Hat er auch gesagt, wann ich gehen kann?«

»Ich denke, sobald die Papiere fertig sind. Die paar Stunden musst du noch Geduld haben.«

Jetzt war die Zeit gekommen, um mit Lieke über ihre gemeinsame Zukunft zu sprechen.

Alexander nahm ihre Hände und sah sie an.

»Liebling, was würdest du sagen, wenn wir unsere Zelte in Deutschland abbrechen, und nach Kanada in Eriks Haus ziehen würden. Ich verkaufe die Praxis. Das Haus vermieten wir und mieten das Haus in Kanada. Was meinst du?«

Lieke war erstaunt.

Für ein paar Sekunden wurde ihre Gesichtsfarbe kräftiger. Lange sah sie ihn an, um dann hörbar ganz tief Luft zu holen.

»Alex, das wäre wunderbar. Dort könnten wir meine letzten Tage verbringen. Oh ja, das würde ich gerne machen. Einfach wegziehen. Nur wir zwei in der Einsamkeit Kanadas. Das würde mir gefallen. Ich bin damit einverstanden. Hast du denn jemanden, der deine Praxis kaufen würde?«

Alexander war die Erleichterung und die Freude anzusehen.

Er strahlte über das ganze Gesicht.

»Das freut mich. Ich hatte schon Angst, du würdest nein sagen. Ich habe jemanden, der unsere Praxis kaufen wird. Meine Mitarbeiter werden die Praxis übernehmen. Ich habe sie ihnen für 350.000 verkauft.«

»Für 350.000? Das ist ja toll. Da hast du ihnen aber einen sehr fairen Preis gemacht.«

»Das glaube ich auch. Liebling, du kannst dir gar nicht vorstellen, wie ich mich darüber freue. Ich könnte Luftsprünge machen.«

»Pass aber bitte auf deine Knie auf«, scherzte sie. Beide lachten und waren glücklich.

Liekes Krankheit war für Minuten vergessen.

Bis nach einer Stunde Dr. Reinhard in Liekes Zimmer erschien.

»Ich habe Ihre Papiere fertig gemacht. Von Ihrer Krankenakte haben wir eine Kopie erstellt. Falls Sie einen anderen Arzt konsultieren möchten, haben Sie alle Informationen, die er benötigen würde. Ich hoffe, dass Sie das Richtige tun, und das Für und Wider abgewägt haben. Ich wünsche Ihnen beiden für die Zukunft, egal wo Sie diese bestreiten möchten, alles Gute.«

Dr. Reinhard verabschiedete sich und ging aus dem Raum.

Lieke und Alexander sahen sich an. Erst jetzt waren sie sich ihrer Situation voll bewusst.

»Jetzt können wir gehen. Uns hält nichts mehr«, sagte er.

Lieke erhob sich, von Alexander gestützt, langsam von ihrem Bett, und ging in das Badezimmer. Mit seiner Hilfe zog sie sich an und machte sich etwas zurecht. Sie legte sogar etwas Rouge auf.

Alexander packte indessen den Koffer und war zum Abmarsch bereit.

Sie verabschiedeten sich noch bei den Schwestern und hinterließen ein kleines Geschenk.

Mit einem erleichterten Seufzer verließen sie das Krankenhaus. Sie fuhren in ihr Haus, um alles für die Reise nach Kanada vorzubereiten.

Noch am selben Tag rief er Erik an.

»Hallo, Erik. Nun ist es sicher. Lieke bricht alle weiteren Maßnahmen ab. Sie kann und will nicht mehr. Wir packen unsere Sachen und erledigen noch das Notwendige. Dann werde ich morgen den Flug nach Kanada buchen. Ich denke, dass wir bereits in ein paar Tagen dort sein werden. Wie ist es mit den Schlüsseln? Und wie bekomme ich in Kanada ein Auto. Ohne einen fahrbaren Untersatz wird es in diesem großen Land mit Sicherheit nicht gehen.«

»Ich finde, dass es eine gute Entscheidung ist, keine weiteren Therapiemaßnahmen einzugehen. Als du mir bei unserem letzten Gespräch das Ergebnis des behandelten Arztes mitgeteilt hast, konnte ich Liekes Entscheidung nachvollziehen. Es ist herzzerreißend, meine Schwester in absehbarer Zeit zu verlieren. Aber warum sollte sie dahinvegetieren. Das hat sie nicht verdient …«

»Sie hat die beschissene Krankheit nicht verdient«, unterbrach er Erik.

»Ja, natürlich nicht.«

»Wie ist es mit einem Auto? Wie soll ich das am besten organisieren?«

»Weißt du, ich werde nach Kanada fliegen und alles vorbereiten. Ich werde auch ein Auto besorgen. Willst du es mieten oder kaufen?«

»Mieten wäre doch Quatsch. Oder was meinst du?«

»Kaufen wäre besser.«

»Also gut, dann kaufe eines.«

»An welches Fabrikat hast du gedacht?«

»Oh Erik, ich habe doch keine Ahnung was für ein Auto man in Kanada benötigt. Suche du eines aus. Ich verlasse mich auf Dich. Ich werde dir eine größere Summe auf dein Konto überweisen.«

»Meine Bankdaten übermittlere ich dir per E-Mail. Ich werde noch heute meinen Flug online buchen. Hast du schon einmal einen Flug online gebucht? Weißt du, wie das geht?«

»Nein, ich habe keine Ahnung, wie ich das machen kann. Du weißt doch, ich bin ein Ewiggestriger. Das machte bisher alles Lieke. Ich werde einen meiner Angestellten darum bitten müssen.«

»Ich kann das doch für euch auch machen.«

»Nein, lass nur, du hast noch genug zu tun.«

»Gut, mein Freund, dann sehen wir uns in Kanada. Rufe mich an, wenn ihr losfliegt. Ich hole euch dann am Flughafen ab. Grüße und küsse meine Schwester ganz lieb von mir.«

»Das mache ich. Vielen Dank für deine Mühe.«

»Bis dann.«

Alexander beendete das Gespräch. Noch eine ganze Weile saß er auf dem Sofa und sinnierte.

Danach raffte er sich auf und berichtete Lieke von seinem Gespräch mit ihrem Bruder.

12

Vier Tage später, Anfang Juni 2016, saßen Lieke und Alexander im Flugzeug nach Kanada.

Nach etwas mehr als acht Stunden Flug, gegen 18:00 Uhr, landeten sie auf dem Flugplatz Ottawa.

Erik wartete schon auf sie.

Alexander hatte bei der Buchung des Fluges auch zusätzlich einen Rollstuhl für Lieke geordert.

Jetzt schob er den Rollstuhl und das Gepäck zum Ausgang.

Erik sah sie kommen und winkte ihnen zu.

Langsam kamen die beiden näher, und endlich konnte Erik helfen das Gepäck zu übernehmen.

»Hallo, ihr zwei. Wie war der Flug?«

»Lang«, sagte Alexander. Er freute sich auf das Wiedersehen mit Erik.

Lieke saß im Rollstuhl und freute sich ebenfalls ihren geliebten Bruder zu sehen.

»Hübsch siehst du aus. Wie ein Hippie mit deinem Turban auf dem Kopf.«

»Vielen Dank, dass du da bist. Ich freue mich sehr«, sagte sie mit leiser Stimme.

Erik sah sie traurig an.

»Das Auto habe ich auf einem Extra-Parkbereich abgestellt. Es ist nicht weit von hier.«

Am Wagen angekommen, stutzte Alexander.

»Dieses Auto hast du gekauft? Ja, Sapprament, das ist ja ich weiß nicht, was ich sagen soll ... Ich bin sprachlos. Was ist das für ein Fabrikat?«

»Das ist ein Dodge Durango Allrad. Genau das richtige Modell für Kanada. Damit kommst du überall hin.«

»Sowas habe ich noch nie gesehen. Hast du so ein Auto schon mal gesehen Lieke?«

Lieke schüttelte mit dem Kopf und war ebenso erstaunt wie er.

»Das ist wirklich ein toller Schlitten. Da musst du mir aber genau erklären, wie man das Ding fährt.«

»Das Auto verfügt über eine Automatikschaltung. Das lernst du ganz schnell.«

»Ich lass mich überraschen.«

Damit war das Erlebnis Auto fürs Erste abgeschlossen.

Erik gab den Rollstuhl an die Airline zurück und sie fuhren los.

»Wir fahren jetzt nach Baskins Beach«, schwelgte Erik.

»Baskins Beach liegt direkt am Ottawa River. Er teilt die Provinzen Ontario und Quebec. Es ist schon Jahre her, dass ihr uns hier besucht habt. Jetzt habt ihr Zeit alles in Ruhe anzuschauen. Ihr werdet sehen, wie schön es hier ist.«

»Leider waren wir nur ein einziges Mal für kurze Zeit hier und ich kann mich auch nicht mehr genau daran erinnern. Du Lieke, kannst du dich noch daran erinnern?«

»Nein, es ist wirklich schon zu lange her. Aber, ich habe es geliebt. Diese Abgeschiedenheit und diese Ruhe. Es war herrlich.«

Erik fuhr langsam die Straße am Fluss entlang und erklärte dies und das. Die herrliche Landschaft mit den riesigen Wäldern und die herrliche Luft animierte Lieke das Seitenfenster zu öffnen.

»Was für eine herrliche Luft. So etwas hat es in Wiesbaden nicht gegeben. Ich liebe diese Natur«, begeisterte sich Lieke.

»Hier können wir Leben tanken. Du wirst sehen, dir wird es bald wieder besser gehen. Ich glaube fest daran«, sagte Alexander und war sehr glücklich.

»Dein Wort in Gottes Ohr«, entgegnete sie ihm und freute sich an den vorbeiflitzenden Bäumen.

»Ihr werdet euch wohlfühlen, davon bin ich mir ganz sicher. Und du Lieke, wirst wieder gesund«, fügte Erik hinzu.

Lieke wusste, dass die beiden es gut mit ihr meinten, aber sie wusste auch, dass sie ihre Krankheit nicht besiegen konnte und auch nicht würde. Die Hoffnung stirbt zuletzt, aber sie stirbt.

Nach etwa einer Stunde bogen sie in die Baskins Beach Road ein.

Jetzt waren sie nur noch wenige Meter vom Haus entfernt.

Ein Stück durch den Wald und sie hatten ihr Ziel erreicht.

»Wir sind da. Und, erkennt ihr es wieder?«

Alexander stieg aus, streckte sich und sah zu Lieke.

»Ja, jetzt kommt die Erinnerung wieder.«

Bei ihm kam Freude auf. Vorsichtig half er Lieke aus dem Wagen. Beide Freunde nahmen sie unter die Arme und begleiteten sie zum Haus.

»Bitte, ich möchte mich hier hinsetzen«, bat Lieke und deutete auf die Treppe vor dem Haus.

»Ist das nicht schön? Der Blick auf den wunderschönen großen Fluss. Das Wetter. Einfach alles.«

Alexander setzte sich zu ihr, nahm sie in den Arm und nickte.

»Es ist wunderschön hier. Warum haben wir das nicht schon früher getan. Jetzt wollen wir es genießen.«

»Das werden wir tun«, sagte sie und schmiegte sich noch enger an ihn.

Erik schloss die Tür auf und deaktivierte das Sicherheitssystem.

Er hatte für alles gesorgt.

Der Kühlschrank war voll.

Einen Rollstuhl, den man falten konnte, hatte er auch besorgt.

Es sollte den beiden an nichts fehlen.

»Ich habe euch einen Zettel mit Adressen von einem Arzt und einer Klinik aufgeschrieben.«

»Oh, vielen Dank. Wie sieht es mit den Nachbarn aus? Gibt es welche hier in der Nähe?«

»Unmittelbar nicht. Aber am Fluss entlang wohnt eine freundliche Familie. Wenn ihr mal Lust habt, dann könnt ihr euch doch einmal umschauen. Oder ihr nehmt das Boot und fahrt auf dem Ottawa entlang. Das macht bestimmt Spaß.«

»Das werden wir tun. Das Telefon und das Internet geht das auch?«

»Es müsste alles funktionieren. Habe ich wieder angemeldet. Die wichtigen Telefonnummern sind auch auf dem Zettel.«

»Hat das Geld, welches ich dir überwiesen habe gereicht? Sind wir dir noch was schuldig?«

»Nein, nein, alles prima.«

»Wie lange bleibst du hier?«, fragte Lieke.

»Ich weiß nicht. Wenn ich euch auf die Nerven gehe, dann haue ich wieder ab«, sagte Erik und lachte.

»Ich freue mich, dass du bei uns bleiben kannst. Was ist mit Beeke? Was sagt sie dazu? Ist sie damit einverstanden?«

Es dauerte einige Sekunden, bis Erik zu einer Antwort bereit war.

Er druckste und sah Lieke nicht an.

»Ich habe mich von Beeke getrennt«, kam es überrascht aus ihm heraus.

Erik hatte gelogen, denn Beeke hatte sich von ihm getrennt.

»Waaas? Wieso denn das? Was ist passiert?«

»Es gab etliche Differenzen zwischen uns. Es hat nicht mehr so gefunkt. Mehr möchte ich jetzt nicht sagen. Vielleicht später einmal.«

»Erik, nach so vielen Jahren.«

Lieke konnte das nicht verstehen.

Trotzdem stellte sie keine weiteren Fragen.

Ein lauter Knall unterbrach die langen Minuten der Stille.

»War das ein Schuss?«, fragte Alexander.

»Das waren bestimmt Jäger. Die werden vermutlich Schwarzbären jagen. Die Jagd ist noch bis zum 15. Juni erlaubt. Sie sagen, dass die Qualität der Bärendecken dann fast immer besser ist als im Herbst.«

»Die armen Bären«, sagte Lieke bedrückt.

Der Schuss hatte von der Diskussion um die Trennung von Beeke abgelenkt. Aber das neue Thema war für die Beteiligten ebenso bedrückend.

»Vor allem werden die sogenannten Problembären getötet. Diese sogenannten Problembären sind nicht unbedingt Tiere, die Menschen angreifen. Sie haben nur nach und nach ihre natürliche Scheu verloren, besuchen meist ziemlich hartnäckig menschliche Siedlungen, Müllkippen oder auch Campingplätze. Sie haben sich an die dort vorhandene Nahrung gewöhnt. Da sie nicht mehr davonlaufen, wenn ein Mensch sich nähert, stellen sie eine große Gefahr dar, weil sie ihre gefundene Futterquelle sehr aggressiv verteidigen. Nicht selten mit tödlichem Ausgang.«

Lieke und Alexander hatten für die Abschüsse nichts übrig. Sie machten ihrem Unmut Luft.

»Wie immer ist der Mensch Schuld, wenn er sich zu sehr in die Natur einmischt«, sagte Alexander wütend und Lieke unterstützte ihn mit heftigem Nicken.

Lieke überlegte kurz.

Wenn sie sich zu sehr aufregte, dann schwoll ihre Halsschlagader an und alle Anwesenden, konnten sich auf etwas gefasst machen.

Sie holte tief Luft und ließ dann ihren Ärger heraus.

»Der Mensch erhebt Anspruch, alles auf der Erde zu beherrschen und zu regulieren, ohne jede Rücksicht auf die Natur der Menschen und der Tiere. Schaut euch doch den Raubbau an.

Zum Beispiel die systematische Zerstörung der Regenwälder. Lest doch mal die einschlägigen Berichte. Dort wird genau berichtet was die Ursachen sind. Beispielsweise: Die großen Flächenverluste der heutigen Zeit gehen zurück auf die Gewinnung von Weideland für die Viehzucht und den Anbau von Soja Futtermitteln für die Massentierhaltung, sowie für die Gewinnung von Agrartreibstoffen aus Pflanzen wie zum Beispiel Palmöl. Die Ursachen für diese Entwicklung sind vielfältig. Nicht nur die

Menschen in den tropischen Ländern sind für den Raubbau am Regenwald verantwortlich. Nein, es sind insbesondere wir, die Menschen in den westlichen Industrienationen, für die die Regenwälder vernichtet werden. Dabei ist Naturschutz nicht nur Sentimentalität von Biologen, die die Flora und Fauna von Wald und Wiesen erforschen. Naturschutz ist Selbstschutz, er betrifft uns alle und erstreckt sich auf die gesamte Biosphäre: Wir atmen Luft, wir trinken Wasser, und wir ernähren uns von Pflanzen, die im Boden wachsen. DAS sind die Grundbedürfnisse jedes einzelnen Menschen. Wir sollten uns über die Folgen der Abholzungen im Klaren sein. Die globale Zerstörung tropischer Regenwälder führt dazu, dass Millionen von Tier- und Pflanzenarten aussterben, dass das Weltklima zu kippen droht, viele Menschen ihren Lebensraum verlieren und Jahrhunderte alte Kulturen verschwinden werden. Die vernünftigen Menschen dürfen nicht resignieren denn: Resignation ist keine Lösung. Die tropischen Regenwälder sind noch zu retten. Viele Menschen denken, nichts gegen die Zerstörung der Regenwälder unternehmen zu können. Doch das ist falsch, Regenwaldschutz beginnt im Alltag. Global denken - lokal handeln. Das heißt, wer etwas ändern möchte, sollte sich informieren und mit den Ursachen der Regenwaldzerstörung auseinandersetzen, das ist globales Denken. Und lokales Handeln bedeutet nichts anderes, als sein Verbraucherverhalten zu überdenken.

Wir sollten: Weniger Fleisch essen; Recyclingpapier verwenden; regional produzierte Lebensmittel kaufen; Produkte aus fairem Handel verwenden; keine Möbel aus Tropenholz in den Garten stellen. Und so weiter. Und so weiter. Es macht mich jedes Mal sehr traurig, wenn ich solche Artikel lese.«

Alexander und Erik hatten ihr gespannt zugehört und waren erstaunt, dass ihr Engagement sie ihre Krankheit völlig vergessen ließ.

Nach Minuten der Sprachlosigkeit meldete sich Erik zu Wort.

»Es ist schon halb acht. Wir sollten zu Abend essen.«

»Na, das war aber ein toller Übergang. Ich kann doch was herrichten. Was hast du denn im Kühlschrank?«, fragte Alexander.

»Kommt, lasst uns reingehen. Ich zeige dir, was ich alles besorgt habe.«

Alexander und Erik nahmen Lieke wieder an den Arm und begleiteten sie in das Haus.

Sie legten Lieke auf das Sofa und Alexander begutachtete den Inhalt des Kühlschrankes.

»So einen riesen Kühlschrank habe ich noch nie gesehen. Wie die Amis.«

»Vieles haben sie aus den USA. Siehe die Autos und was weiß noch alles.«

»Also, was haben wir denn Schönes? Was haltet ihr von Spaghetti und Tomatensoße?«

»Ist doch prima. Lieke was meinst du?«, fragte Erik.

Lieke hob den Daumen und lächelte.

Erik bereitete den Tisch vor und sah zu seiner Schwester, die mit geschlossenen Augen auf dem Sofa lag.

Er stand da und eine unfassbare Traurigkeit überwältigte ihn.

Er verließ das Haus und ging zum Flussufer. Dort setzte er sich auf eine Bank, und blickte hinaus auf den großen Fluss Ottawa. Jetzt, da er alleine war, begann er wie ein kleiner Junge zu weinen; hemmungslos. Mit den Tränen schwemmte er die Trennung von seiner Frau, alle Sorgen und allen Kummer aus seinem Herzen und seiner Seele.

Am liebsten hätte er sich in den Fluss gestürzt und ersäuft. Aber dazu war er nicht im Stande.

Er war zu gerne auf der Welt.

Außerdem sah er das ganze Schicksal seiner kleinen Schwester vor sich auf dem Sofa liegen.

Hätte er die Möglichkeit, würde er zu jeder Zeit mit Lieke tauschen.

Sie hatte es nicht verdient, so zu leiden und zu sterben.

Langsam konnte er sich wieder beruhigen. Er blieb noch einige Minuten, bevor er in das Haus zurückkehrte.

Alexander war mit dem Zubereiten des Essens fertig und bat zu Tisch.

Erik half seiner Schwester und begleitet sie in die Küche.

Sie aßen gemütlich und sprachen über ihre gemeinsame Vergangenheit.

Von der Kindheit bis zum Erwachsenensein.

Es wurde nichts ausgelassen.

13

Es waren mittlerweile vier Wochen vergangen. Liekes Gesundheitszustand hatte sich zum Glück nicht arg verschlechtert.

Alexander half ihr bei der täglichen Hygiene.

Auch zum Glück konnte sie noch relativ selbständig die Toilette nutzen.

Er wusste, eines Tages, würde sie dies auch nicht mehr können. Eigenständig gehen, essen oder sich anziehen – dass dies irgendwann nicht mehr möglich sein würde, konnten sich gesunde und fitte Menschen kaum vorstellen.

Soweit wollte er noch nicht denken. Aber: Eines Tages würde es so kommen; ganz sicher.

Könnte er dies auch bewältigen, oder würde er auf fremde Hilfe angewiesen sein? Er wusste es nicht und dieser Gedanke machte ihn noch trauriger, als er ohnehin schon war.

Sie aß sehr wenig. Sie war so dünn geworden, dass ihre Knochen hervorragten. Ihre Brüste waren um einiges kleiner geworden.

In den Tagesablauf wollte sie sich unbedingt noch mit einbringen. Noch konnte sie es.

Mit dem Rollstuhl konnte sie sich sehr routiniert fortbewegen und half, soweit sie es konnte, bei Kleinigkeiten im Haushalt mit.

Mit dem Sprechen hatte sie seit einer Woche Probleme. Viel Sätze hörten abrupt auf oder sie konnte sie überhaupt nicht richtig aussprechen.

Für Alexander und Erik, der noch bleiben wollte, war Lieke immer noch eine intelligente und smarte Person. Sie so zu sehen, machte beide traurig und wütend zugleich.

Um ihr das restliche Leben so angenehm wie möglich zu gestalten, unternahmen sie alles, was ihr viel Freude bereiten konnte.

Sie fuhren mit ihr in die nahegelegenen Naturparks oder unternahmen Fahrten auf dem herrlichen Ottawa River.

Das Wetter im Juli war warm. Für Lieke oftmals zu warm, zu heiß.

Die Klimaanlage trug wesentlich dazu bei, dass es für sie sehr angenehm war.

Lieke und Alexander saßen, wenn sie nichts anderes vorhatten, auf der Bank unten am Fluss.

Sie sahen hinaus in die weite Ferne. Zu den Wäldern.

Sie redeten miteinander, auch wenn es bei Lieke immer etwas länger dauerte, bis sie ihre Gedanken in Worte fassen konnte.

»Hörst du das leise Atmen des Waldes?«, fragte sie Alexander.

»Ich kann nicht, denn das geistige Geplapper in meinem Gehirn hindert mich daran. Es gehen mir so viele Gedanken durch den Kopf, dass ich nicht abschalten kann. Ich versuche es, aber ich kann nicht. Verstehst du? Diese Gedanken sind wie stumme Schreie, die nicht herauskommen können. Ich glaube, ich werde noch verrückt.«

»Und warum sagst du das erst jetzt? Warum trägst du das mit dir herum? Noch lebe ich und ich kann dich hören.«

»Soll ich dich mit meinem Scheiß auch noch behelligen?«

»Warum bist du so ärgerlich. Du hast es mir doch gerade gesagt. Also, warum nicht schon früher.«

»Ich würde so gerne meine Lungen mit Luft der Hoffnung füllen. Aber wie soll ich das tun, wenn es für dich keine Zukunft mehr gibt.«

»Die Zukunft ist das jetzt und hier. Alles Weitere soll uns jetzt nicht daran hindern das Leben zu genießen. Noch lebe ich.«

»Vielleicht geschieht ja doch noch ein Wunder. Ich möchte so gerne daran glauben.«

»Es gibt keine Wunder mein Liebling. Das einzige Wunder, das es für mich gibt, bist du.«

Nun konnte sich Alexander nicht mehr halten.

Es musste aus ihm heraus.

Der stille Schrei entlud sich in heftigem Weinen. Lieke ließ ihn.

Sie wusste, dass es gut für seine Seele war, sich auf diese Weise zu entladen.

Nach einiger Zeit und mit Liekes liebevoller Umarmung, konnte er sich wieder beruhigen.

»Weißt du noch als wir uns das erste Mal gesehen haben? An Eriks Geburtstag, als Beeke und ich dich so unverschämt angestarrt haben. Als du so lässig am Fenster gestanden hattest? Und du uns dann von Erik mit hochrotem Kopf vorgestellt wurdest? Ich denke in letzter Zeit so oft daran. Es war so schön.«

»Ich hatte überhaupt keinen hochroten Kopf. Niemals.«

»Doch und wie. Der hat so richtig geleuchtet. Wie eine Tomate.«

»Jetzt übertreibst du aber ganz schön.«

Natürlich hatte Lieke übertrieben. Alexander registrierte wie immer zu spät, dass Lieke ihn nur necken wollte.

Sie lachten und küssten sich.

Lieke hatte die Stimmung gerettet.

Und alles war wieder gut.

Sie wollte nicht immer an ihre Krankheit erinnert werden.

Sie wollte auch nicht, dass ihr Alexander trübsinnig war.

Sie wollte die Zeit, die sie noch hatte, Arm in Arm und in Liebe und Freude mit ihrem Alexander verbringen - und nicht traurig an das nahende Ende denken. Das sollte noch früh genug kommen.

Oft dachte Alexander an seine Kindheit, an seine Jugend.

Als ob Lieke es geahnt hatte, fragte sie:

»Wie war es denn in deiner Kindheit?«

»In meiner Kindheit?«

»Du hast nie über deine Kindheit gesprochen. Es gibt wohl kein Alter, in dem die Welt so intensiv erlebt wird, wie in der Kindheit. Hier werden die Weichen gestellt für alles, was danach kommt. Also. Jetzt hast du die Gelegenheit dazu.«

Alexander sah Lieke erstaunt an.

»Meine Kindheit. Wie war die? Dann fange ich mal von vorne an. Soweit ich mich noch erinnern kann. Als meine Eltern geheiratet haben, waren sie arm. Sie konnten sich nicht viel leisten. Mein Vater arbeitete als Installateur und meine Mutter als Schneiderin. Meistens nähte sie Kleider für die Nachbarn und deren Verwandten. Viel Geld konnte sie nicht verdienen. Zum Glück lebten sie mit Vaters Eltern in einem Haus. Großvater konnte nicht mehr arbeiten. Er wurde im Krieg schwer verwundet. Großmutter half im Haus mit.

Jeden Pfennig, den Vater sparen konnte, legte er in eine Dose. Er träumte von einem eigenen Geschäft. Spielsachen hatte ich kaum welche, aber das machte mir nichts aus. Der Bach hinter unserem Haus oder der kleine Sandkasten – den Vater angelegt hatte, mehr brauchten meine Freunde und ich nicht. Wir spielten und hatten nie Langeweile.«

»War dein Vater streng?«, unterbrach ihn Lieke.

»Nein. Er war der gütigste Mensch den ich mir vorstellen konnte. Fast alle meine Freunde wurden von ihren Eltern verprügelt. Ich nicht. Mutter war etwas strenger. Ich hatte die besten Eltern der Welt. Ich vermisse sie sehr.«

Alexander machte eine lange Pause um dann fortzufahren.

»Es dauerte ganze fünf Jahre. Danach hatte mein Vater so viel Geld angespart, dass er mit Hilfe seines Vaters im Haus ein Installationsgeschäft gründen konnte. Du kannst dich noch erinnern, als ich das Geschäft damals verkauft hatte. Das hätte er nie zugelassen, aber was hätte ich machen sollen. Ich hätte es nie behalten können. So war es besser. Obwohl das Geschäft gut ging und wir keine Geldsorgen hatten, sparte mein Vater weiter. Er wollte, dass ich eine bessere Schulausbildung als er bekommen sollte. Es war im wichtig, dass ich die Schule ernst nahm und fleißig lernte. Es sollte mir einmal an nichts fehlen. Als ich älter wurde, nutzte ich das etwas unverschämt aus. Es tut mir heute noch leid.«

»Wieso. Was hast du gemacht?«, unterbrach sie ihn wieder.

»Wenn meine Schulleistungen etwas nachließen, hat er eine Nachhilfelehrerin angeheuert. Es war eine Studentin. Sie hieß Karin und war eine ganz Hübsche. Ich glaubte damals, in Alter von sechzehn Jahren, dass ich in sie verliebt sei. Wenn dann meine Leistungen wieder besser wurden, wurde die Nachhilfe wieder von Vater eingestellt. Ich war ja nicht dumm und so setzte ich die nächsten Prüfungen in den Sand, aber nicht so sehr, dass ich sie völlig vergeigt hätte. Nein. Ich schrieb absichtlich meine Prüfung schlecht und bekam dafür eine Vier. Das wiederum veranlasste meinen Vater die Nachhilfe wieder einzuberufen. Das tat ich ganze drei Mal. Beim vierten Mal, kam nicht die von mir verhimmelte Karin, sondern ein Student. Von da an hatte ich wieder bessere Noten. Mein Vater glaubte, dass die Nachhilfe gefruchtet hätte. Ich habe es ihm nie gebeichtet, dass es nicht die tolle Nachhilfe war, sondern der Nachhilfslehrer längst nicht so reizvoll war wie Karin. Meine Schulleistungen stiegen und fielen. Vater war immer dahinter mich zu erinnern und sagte:

„Der Schulunterricht ist kein Selbstzweck, sondern soll auf das spätere Leben vorbereiten. Was man lernt, lernt man für sich selbst. Du lernst nicht für die Schule, sondern für dich. Denke immer daran." Dies sagte er mir es jedes Mal, wenn ich einen Tiefpunkt hatte. Irgendwann wurde mir bewusst, dass er alles nur für mich tat. Irgendwann habe ich es eingesehen und belohnte ihn und meine Mutter mit einem guten Abi. Sie waren so stolz auf mich, den ersten Akademiker in unserer Familie, ausgenommen Onkel Franz. So, und jetzt solltest du aus deiner Kindheit plaudern. Also. Wie war es denn bei dir?«

»Ach, Alex. Von mir gibt es nichts zu erzählen. Meine Kindheit war sehr langweilig. Natürlich hatte auch ich eine tolle Kindheit. Geldprobleme kannte ich zum Glück nicht. Du weißt ja, Mutter und Vater waren beide Akademiker und so war es logisch, dass mein Bruder und ich ebenfalls auf dieser Schiene fahren sollten, ja mussten. Wie du weißt, ist Erik zwei Jahre älter als ich. Das ist jetzt nicht viel, aber wenn du gerade mal zwölf Jahre alt bist und er schon vierzehn, das macht schon was aus. Wenn die älteren Jungs mich ärgerten, rief ich meinen großen Bruder und er vertrieb sie. Später musste ich nur noch mit meinem Bruder drohen, und sie verschwanden. Sonst spielte ich mit meinen Freundinnen mit Puppen und später mit Jungs. Wir machten uns unseren Spaß mit ihnen. Ich kann mich noch genau erinnern, als mich ein Junge über eine Freundin fragen ließ, ob ich mit ihm gehen möchte. Er gab ihr einen kleinen Zettel. Darauf hatte er drei kleine Kreise gezeichnet und als Text standen daneben: Willst du mit mir gehen: Ja? Vielleicht? Nein! Der Junge war überhaupt nicht mein Typ. Wir kreuzten „Vielleicht?" an. Er war so glücklich, und sah mich immer so verliebt an, dass es mir schon wieder leidtat. Sonst saßen wir meistens in unserem Zimmer, lasen die Bravo und schwärmten mal für diesen oder jenen Jungen. Wir waren halt Mädchen. Das verstehen Jungs sowieso nicht. Das Schlimmste in meinem Leben war erst der Tod der Eltern meiner Mutter, also der meiner Großeltern. Meine Großeltern väterlicherseits, sind sehr früh gestorben.

Dann der Tod meiner Eltern. Das hast du ja miterlebt.«

»Ich weiß, das hat dich damals sehr mitgenommen«, unterbrach Alexander.

»Sonst gab es in meiner Kindheit wenig zu berichten. Was soll ich dir noch sagen. Es wird dich auch nicht interessieren.«

»Ich glaube, dass Jungs in ihrer Kindheit mehr unternehmen und erleben als Mädels. Ich glaube auch, dass Mädels langweiliger sind als Jungs.«

Lieke lachte und nickte Alexander zu.

»Ich glaube auch. Ich habe Erik immer bewundert und war auch ein klein wenig eifersüchtig. Er durfte Sachen tun, die ich als Mädchen nie gedurft hätte. Erik konnte im Dreck und Matsch herumtoben. Keiner hat was gesagt, im Gegenteil, sie waren noch stolz, wenn er so richtig dreckig nach Hause kam. Ich musste immer sauber und ordentlich wie eine Puppe angezogen sein. Das hat mich genervt. Ich kann mich noch genau erinnern, dass Erik mich einmal zu dem kleinen Bach mitnahm. Er, seine Freunde und ich legten einen kleinen Staudamm an. Es machte einen riesigen Spaß. Als wir fertig waren und nach Hause gingen, waren mein Kleid nass und schmutzig. Meine Mutter schlug die Hände über den Kopf zusammen. Mein Vater freute sich heimlich und war stolz auf mich. Meiner Mutter gegenüber musste er beipflichten. „So was tut man als Mädchen nicht", sagte er und grinste dabei. Ich werde es nie vergessen. Wie ich sie vermisse.«

Lieke hielt mit ihrer Erzählung inne und weinte. Alexander nahm sie noch inniger in seine Arme.

»Liebling. Mark Twain sagte einmal: "Vergangenheit ist, wenn es nicht mehr wehtut." Aber wie können Erinnerungen aus der Vergangenheit, die nicht lustig sind, nicht weh tun? Ich meine aber: Wir Menschen müssen unseren Gefühlen freien Lauf lassen, sowohl dem positiven als auch dem negativen. Stell dir mal vor, wir könnten uns an nichts aus der Vergangenheit erinnern, das wäre doch schlimm und bedauerlich oder?«

»Ich erinnere mich gerne an die Vergangenheit. Auch wenn sie manchmal etwas weh tut. Wenn ich mich nicht mehr an meine Eltern erinnern könnte, das wäre doch nicht auszudenken. Ich möchte und will mich an vieles erinnern. Viele Erinnerungen können doch auch Wegweiser für die eigene Zukunft sein. Ich bin froh darüber, dass ich in die Vergangenheit reisen kann.«

»Das ist in Ordnung. Diese Bank an unserem Fluss soll ab sofort und in Zukunft nicht nur der schönste Platz sein, sondern auch unser „emotionaler Müllplatz". Das hört sich vielleicht etwas negativ an, soll es aber nicht sein. Immer, wenn wir hier herkommen, werfen wir ganz bewusst und in Gedanken den Tagesballast in den Fluss – all die negativen Gedanken und Emotionen, den Stress und den Ärger. Was meinst du?«

»Das ist eine gute Idee. Wenn wir morgen wieder hier sind, werfe ich in Gedanken alle meine Sorgen, meine Ängste und all den belastenden Kram tief in den Fluss. Ich werde dir aber nichts davon sagen.«

»Natürlich sagen wir nicht, welcher Gedanken wir uns entledigt haben. Das bleibt wiederum unser Geheimnis. Genauso machen wir es. Übrigens, ich habe gerade einiges in das Wasser geworfen und es tat gut«, nickte Alexander zufrieden und machte eine werfende Handbewegung.

Die beruhigenden Schläge der Wellen, die Wärme der letzten Sonnenstrahlen bei Sonnenuntergang und den Geruch des Flusses nährten ihre weiteren Gedanken.

Alexander legte seinen Arm um ihre Schulter.

Lieke legte ihren Kopf auf seine Schulter und weinte.

Lange saßen sie noch am Flussufer, sahen dem Sonnenuntergang zu und schwiegen.

14

Am nächsten Morgen hörte Alexander verdächtige Geräusche.

Er stand auf und wollte nachsehen, wer oder was für das Rumoren verantwortlich war.

Schnell merkte er, dass es nicht im Haus war, sondern draußen auf der Veranda. Er öffnete die Tür und sah, wie drei Waschbären sich an den Müllbehältern zu schaffen machten. Als sie ihn bemerkten, trotteten sie gemächlich von dannen.

Erst jetzt wunderte er sich, dass die Tür nicht abgeschlossen war. Er blickte sich um und sah, dass Erik unten am Fluss saß.

Alexander ging auf ihn zu. Erik hatte beide Hände im Gesicht vergraben.

»Ist alles in Ordnung?«

Erik fuhr erschrocken hoch, und starrte Alexander mit aufgerissen Augen an.

»Ja, alles in Ordnung«, stotterte er verlegen.

Alexander setzte sich zu ihm und legte seine Hand auf dessen Schulter.

»Irgendetwas ist doch. So habe ich dich noch nie gesehen. Dich bedrückt doch etwas. Oder?«

»Nein, es ist nichts. Glaube mir, es ist alles in Ordnung.«

»Und warum sitzt du hier und machst so ein Gesicht?«

»Alex, es ist alles Ok. Lass mich bitte in Ruhe.«

»Wie du willst«, sagte er, und ließ seinen Freund auf der Bank alleine.

Als er zurück im Haus war, sah er nach Lieke.

Sie war bereits wach und schaute ihn verwundert an.

»Wo warst du?«

»Ich habe nachgesehen, wer so ein Krach gemacht hat. Es waren wieder die Waschbären.«

»Du hast ihnen aber nichts getan oder?«

»Nein, natürlich nicht. Was denkst du von mir.«

»Entschuldige, ich weiß ja, dass du keinem etwas zuleide tun kannst.«

»Komm, ich helfe dir ins Bad.«

Alexander half Lieke in den Rollstuhl und fuhr sie in das Badezimmer. Lieke konnte sich noch selbständig waschen und auch duschen.

Das Haus war zum Glück fast behindertengerecht eingerichtet.

Es war nicht vorgesehen gewesen, es so zu gestalten. Nun erwies es sich als ideale Fügung.

Alexander bereitete, während Lieke sich richtete, das Frühstück vor.

Sie kam in die Küche gerollt und Alexander tauschte mit ihr das Bad.

Schneller als Lieke denken konnte, erschien er wieder in der Küche um ihr Tee einzuschenken und mit ihr zu frühstücken.

»Wo ist Erik? Hast du ihn heute schon gesehen? Schläft er noch?«

An Liekes langsame und holprige Aussprache hatte er sich bereits gewöhnt.

»Das sind drei Fragen auf einmal. Ich fange mal von hinten an. Er schläft nicht mehr. Ich habe ihn gesehen. Er ist auf der Bank unten am Fluss.«

Lieke lächelte ihn an und schüttelte den Kopf.

»Vielen Dank, Herr Doktor. Besser hätte ich es auch nicht sagen können.«

»Bitteschön, Frau Doktor. Keine Ursache.«

Alexander musste lachen, stand auf und gab seiner Lieke einen Kuss.

»Ist was mit Erik?«

»Er sagte nein, es wäre alles in Ordnung.«

»Bitte, sieh nach ihm.«

»Nach dem Frühstück.«

»Alex, bitte.«

»Okay. Ich gehe ja schon.«

Alexander war nicht begeistert, tat es dennoch Lieke zuliebe und ging an den Fluss zu Erik.

Erik saß noch immer in der gleichen Position, wie er ihn verlassen hatte.

Vornübergebeugt und das Gesicht in den Händen vergraben.

Alexander trat an ihn heran und setzte sich zu ihm.

»Du hast mich angelogen.«

»Was meinst du? Ich habe dich nicht angelogen. Wann denn?«

»Du kannst mir nichts vormachen. Dich bewegt etwas. Du hast Sorgen. Ich sehe es dir an.«

»Du täuschst dich, es ist alles …«

Weiter kam Erik nicht, denn Alexander unterbrach ihn unwirsch.

»Erik, du bist immer ein fröhlicher ausgeglichener Mensch gewesen. Ich sehe dir schon seit Tagen an, dass etwas nicht stimmt, dass dich etwas quält. Wir sind Freunde. Ich habe das Recht als dein Freund und Schwager zu wissen, was mit dir los ist.«

Erik sah Alexander an. Tränen liefen ihm über seine Wangen.

Er wusste, dass er dem Mann seiner Schwester nichts vormachen konnte.

Er wusste auch, dass er seinem Freund weh tun würde. Zwar nicht physisch. Aber er stellte damit ihre langjährige Freundschaft in Frage.

»Also: Was hast du? Bist du krank? Bist du in Schwierigkeiten? Egal was es ist, ich bin immer für dich da.«

Genau vor diesem Satz hatte er Angst. Er wusste, dass Alexander immer für ihn da sein würde.

Fraglos. Aber bei „dieser Sache" hatte er Angst; sehr viel Angst sogar.

Ihre Freundschaft könnte für immer und ewig vorbei sein.

»Alex, ich habe Scheiße gebaut. Große Scheiße.«

»Was für eine Scheiße. Es gibt nichts, was wir nicht wegwischen könnten.«

»Ich bin spielsüchtig und habe Geld von dir genommen. Außerdem werde ich in Deutschland wahrscheinlich wegen Wirtschaftskriminalität gesucht.«

Alexander sah Erik erschrocken und mit offenem Mund an.

»Kruzifix. Was bist du?«, schrie er, sprang auf, um direkt an das Flussufer zu gehen.

»Ich bin …«

»Ja ja, ich habe schon verstanden. Weißt du wie alt du bist? Wo hast du dein ganzes verdammtes Geld hin? Und wieso sucht man dich in Deutschland?«

Alexander ging auf und ab. Er verstand die Welt nicht mehr.

»Bitte, sage Lieke nichts. Sie würde das nicht verkraften. Du kannst mit mir machen, was du willst, aber denke bitte an sie.«

»Kreizkruzefix, himmeherrgott, sakramt, was soll ich denn mit dir machen? Soll ich dich töten? Dich verstoßen? Natürlich nicht. Du bist ein altes Arschloch. Warum machst du solch eine Scheiße. Warum bist du nicht früher zu mir, zu uns, gekommen. Wir hätten dir doch helfen können. Ich verstehe das nicht. Natürlich werde ich Lieke nichts sagen, das würde sie noch früher ins Grab bringen. Deshalb bist du auch noch hier. Jetzt verstehe ich alles.«

Alexander wurde also nun richtig wütend, packte ein paar Kieselsteine und schleuderte sie in den Fluss.

Es dauerte eine ganze Weile, bis er sich wieder etwas beruhigte.

Er ging zurück zu Erik und setzte sich neben ihn.

»Es nützt alles nichts. Es ist geschehen und nun müssen wir sehen, wie wir wieder aus dem Loch herauskommen. Wieviel Geld hast du vom Konto genommen?«

»Fast das ganze restliche Geld nach dem Kauf des Autos und der sonstigen Ausgaben. Es ist noch einiges vorhanden.«

»Wieviel ist noch auf dem Konto?«

»So etwa 5000.«

»Kanadische Dollar?«

»Ja.«

»Okay. Das reicht für die nächsten Wochen. Danach werde ich wieder etwas auf dein Konto überweisen. Ich will jetzt nicht nachrechnen, was du dir geborgt hast. Das ist jetzt egal. Was ist mit deiner Spielsucht? Hast du über eine Therapie nachgedacht? Nur so kommst du von dieser Scheiße runter. Das werden wir schnellstmöglich in Angriff nehmen. Bist du dir ganz sicher, dass du in Deutschland gesucht wirst?«

»Es tut mir leid Alex. Ich wollte dich nicht bestehlen. Glaube mir.«

»Davon will ich jetzt nichts wissen. Beantworte mir einfach die anderen Fragen.«

»Ich habe schon einige Therapien hinter mir. Ich will auch an weiteren teilnehmen. Ich habe vor drei

182

Wochen eine Klinik in Ottawa angerufen und für nächste Woche habe ich einen Termin vereinbart. Ich will und muss alles tun um davon loszukommen.«

»Und was ist mit der Wirtschaftskriminalität? Was hat es damit auf sich?«

»Ich habe an der Börse spekuliert. Zuerst habe ich gewonnen. Doch dann habe ich fast mein ganzes Kapital verloren. Später habe ich von einem Freund einen Tipp bekommen, durch den ich „ganz schnell reich" werden könnte. Das hat er mir zumindest versprochen. Er stellte mich einem Typen vor, der wieder einen kennt, der im Internet für ein tolles Geschäftsmodell warb. Dieser Spinner, so stellte sich später heraus, war ein Betrüger.

Dieser Typ sagte damals, besaß angeblich alles, was man sich nur erträumen kann: Einen Lamborghini, eine Rolex und haufenweise Bargeld und… und … und… Doch später stellte sich heraus, dass er ein Schwindler war. Er warb im Internet mit dem sogenannten CFD-Handel. CFD heißt "Contract for difference" und beschreibt derivate Handelsinstrumente, bei denen es um den Unterschied zwischen dem Kauf- und dem Verkaufskurs eines Instruments geht.

Wer mit CFDs handelt, setzt das eigene Kapital auf eine bestimmte Kursentwicklung eines Basiswerts. Als Basiswert können zum Beispiel Aktien, Devisen, Indizes, Anleihen oder auch Rohstoffe dienen. Wie eine Grafik im Internet aufzeigte, gehören

Aktienindizes derzeit mit Abstand zu den beliebtesten Basiswerten ...«

»Erik, das will ich gar nicht alles wissen und außerdem habe ich keine Ahnung von so einem Zeugs. Bist du sicher, dass sie dich suchen? Hast du von der Staatsanwaltschaft einen Bescheid bekommen?«

»Nein.«

»Und wie kommst du auf Wirtschaftskriminalität? Das hat doch mit dir nichts zu tun. Der Typ ist doch derjenige, der dich betrogen hat! Oder hast du noch mehr getan? Ich verstehe eigentlich gar nichts.«

»Ich habe von einem Bekannten einen Insidertipp bekommen. Er ist aufgeflogen und festgenommen worden. Mehr kann ich noch nicht sagen, da ich sofort hier hergeflogen bin. Jetzt vermute ich, dass sie mich suchen.«

»Wenn du dir nicht sicher bist, dann kannst du das auch nicht wissen. Wie lange zockst du überhaupt schon?«

»Ich bin schon völlig durcheinander. Ich bin mir nicht mehr darüber im Klaren, was ich alles gemacht habe. Ich weiß es einfach nicht mehr. Es ist schon so lange her. Zuerst hat es mit harmlosen Kartenspielen begonnen. Dann kamen die härteren Spiele wie Poker. Sie fanden in kleinen heimlichen Kreisen statt. Ich war auch sehr oft in Casinos. Zuerst habe ich gewonnen, dann verloren. Der Gewinn und der Verlust hielten sich oft in Waage.

Als ich immer mutiger und Geldgeiler wurde, hatte ich fast schon ein Vermögen verloren. Ich musste mir Geld leihen. Aber nicht von einer Bank, die gaben mir schon nichts mehr, sondern von einem Typen, der Geld mit hohen Zinsen verlieh.

Ich hatte das Glück, dass ich die geliehenen Summen immer wieder zurückzahlen konnte. Andere konnten es nicht. Sie konnten das geliehene Geld nie zurückzahlen. Mit denen hatte man kurzen Prozess gemacht. Entweder mit noch mehr Zinsen oder mit Schmerzen.

Dass man seine Schulden zurückzahlen muss, war Ehrensache. Ich habe auch gesehen, wie manche ihre Ehre mit Füßen traten und lieber die Schmerzen, die man ihnen zufügte, erlitten. Zum Schluss habe ich über das Internet gezockt.

Ich hatte mein Auto verkauft. Meine Freunde angepumpt. Ich habe Beekes Schmuck verpfändet oder verkauft. Vieles andere mehr was ich zu Bargeld machen konnte. Das schlimmste war für mich, die anhaltende finanzielle Drucksituation und das Geflecht aus Lügen und Täuschungen gegenüber meiner Familie. Und irgendwann bricht alles zusammen. Und bei mir ist alles, aber auch alles zusammengebrochen. Ich habe keine Frau, keine Kinder und auch keine Freunde mehr. Alle habe ich auf das Übelste hintergangen und verprellt. Ich weiß nicht, wie ich es je wieder gut machen kann.«

»Was sagen Beeke und deine Kinder? Wissen sie das überhaupt?«

»Ich habe euch doch bereits gesagt, dass Beeke mich verlassen hat. Und meine Kinder reden nicht mehr mit mir.«

»Du hattest uns doch gesagt, dass du Beeke verlassen hast. Lügen tust du auch noch. Was kommt denn noch?«

»Ich habe meine Frau und meine Kinder verloren. Du nicht. Also erzähl mir nicht …«

»Und ich werde meine Frau verlieren. Ich habe keine Scheiße gebaut, sondern DU. Also erzähl DU mir nichts«, schrie Alexander wütend.

»Bitte entschuldige Alex. Das habe ich nicht so gemeint. Ich habe überreagiert.«

»Ist schon gut. Wollen wir uns wieder beruhigen. Das hast du ja toll hingekriegt. Und wie soll es nun weitergehen? Hast du einen Plan? Hast du dein Haus überhaupt noch?«

»Beeke hat das Haus. Ich hatte es ihr, schon vor einem Jahr, überlassen. Also auf sie überschreiben lassen. So konnte das Haus nicht gepfändet werden. Ich will endlich los von dieser Scheiße. Bitte hilf mir. Ich schaffe das nicht alleine. An wen sollte ich mich denn sonst wenden.«

»Mann, oh Mann … Als hätte ich nicht genug Sorgen und jetzt kommst das auch noch hinzu. Ich muss mich erst einmal sortieren. Ich muss Zeit haben, um zu überlegen. Wenn Lieke dich fragt, was mit dir ist, dann sagst du, es wäre dir nicht gut gewesen. Und deshalb hast du auf der Bank gesessen, um frische Luft zu tanken. Sie darf das nie erfahren.

Hörst du? Nie erfahren. Hast du verstanden? Sage mir, dass du das verstanden hast.«

Alexander war so aufgeregt, dass es ihm fast schwindelig wurde.

»Ja. Ich habe verstanden. Vielen Dank Alex, dass du mir hilfst. Geht es dir gut?«

»Ja, geht schon. Danke mir nicht zu früh. Ich bin stinksauer auf dich. Wir haben immer gesagt, wie gut es dir und deiner Familie geht. Wir waren immer so stolz auf euch. Und jetzt bin ich geschockt. Ich kann es nicht fassen. Du bist so ein hochintelligenter Mensch und machst so einen Mist.«

Erik saß zusammengekauert auf der Bank wie ein kleiner Junge.

Alexander erkannte, dass er sich schämte und wollte es nicht zu weit treiben mit seinen Vorwürfen. Deshalb beließ er es vorläufig dabei und versuchte beruhigend auf ihn einzuwirken.

»Jetzt gehen wir erst einmal frühstücken und dann sehen wir weiter. Einverstanden?«

»Alles, was du willst.«

»Nicht, was ich will. Auf keinen Fall. Wir müssen es gemeinsam lösen. Spielsucht ist wie ein Kartenhaus. Irgendwann bricht alles zusammen. Und jetzt ist es über dich zusammengebrochen. Jetzt müssen wir versuchen, die Karten wieder so aufzustellen, dass sie stabil sind und nicht mehr zusammenkrachen.«

Erik nickte und sie gingen zurück ins Haus. Lieke saß bereits am Esstisch.

»Wo bleibt ihr denn. Ich bin schon lange mit dem Frühstück fertig.«

»Erik geht es nicht gut. Er musste mal an die frische Luft.«

»Und das hat so lange gedauert? Geht es dir jetzt wieder besser?«

»Ja, geht schon wieder.«

Gemeinsam frühstückten sie und Lieke beobachtete beide Männer.

Sie waren ungewöhnlich still.

Sonst quatschten sie, als ob sie es bezahlt bekämen und jetzt nichts. Sie überlegte und kam zu dem Entschluss, dass die beiden ihr etwas verheimlichten. Aber was?

Auch wenn sie nicht mehr wie früher kombinieren und in Gesichtern lesen konnte, war sie sich ganz sicher. Sie wollte ihnen noch etwas Zeit geben.

Sie unterbrach die entsetzliche Stille und sprach langsam, sehr langsam.

»Was wollen wir heute unternehmen?«

Erik sah zu Alexander.

Ganz offensichtlich vermied er es, seine Schwester direkt anzuschauen.

Und genau das machte Lieke noch stutziger.

Sie konnte nicht anders und sprach ihn deshalb direkt an.

»Was ist mit dir? Warum kannst du mich nicht ansehen. Du hast doch etwas.«

Hilflos sah Erik seinen Schwager und Freund an.

»Es ist nichts«, sagte Alexander.

Lieke blickte ihren Mann streng an.

»Wenn ich nur könnte, wie ich gerne möchte. Seit wann antwortest du für ihn? Ich habe Erik gefragt. Wenn du antwortest, dann weißt du bestimmt auch, was los ist oder?«

Die Anstrengung war ihr anzusehen.

Alexander schaute Erik fragend an.

Er wusste, dass Lieke sich sehr aufregen würde.

Aber sie war bereits jetzt schon ziemlich aufgewühlt. Also könnte er ihr auch davon erzählen? Er kannte seine Lieke. Sie würde nie aufgeben. Sie würde immer und immer weiter bohren. So lange, bis einer nach dem anderen einknickte. So war sie, die Staatsanwältin. Sie machte auch vor ihrer Familie nicht Halt

»Erik, sage du es ihr.«

»Ich?«

»Ja, mei! Wer denn sonst.«

Erik knickte nun vollends ein.

Er zitterte am ganzem Körper.

Stockend begann er zu beichten.

»Lieke, ich habe Scheiße gebaut. Große Scheiße. Ich weiß nicht, wie ich da allein wieder rauskommen soll.«

»Was ist denn passiert? Erzähl!«

Erik erzählte Lieke alles. Genauso, wie er es schon Alexander mitgeteilt hatte.

Ohne sichtliche Gemütsbewegung hörte Lieke ihm zu.

Erik war verwirrt.

Er konnte Liekes äußere Ruhe nicht deuten und machte vorsichtshalber immer wieder Pausen, während er sie anblickte.

Erst als Lieke ihm ein Zeichen gab, er solle weitermachen, fuhr er wieder mit seinem Geständnis fort.

Nach einer halben Stunde war alles raus.

Lieke sah ihn nur schweigend an.

Man konnte ihr ansehen, dass sie das Ganze langsam verarbeiten musste.

Erik und Alexander warteten gespannt, was sie sagen würde.

Lieke sah die beiden sehr ernst an.

»Wie lange geht das schon? Wie lange bist du spielsüchtig?«

Frage für Frage beantwortet er, wie sie es von ihm erwartete.

»Du sagtest, dass du in einen Insiderhandel verwickelt bist. Du hast von einem Bekannten, der wiederum einen anderen kennt, eine Information bekommen, wie du Aktien von diesem Insider erwerben kannst. Hast du die Information genutzt und Wertpapiere gekauft?«

»Nein, ich wollte.«

»Woher hat dein Bekannter diese Information?«

»Er sagte, dass er im Taxi das Telefonat eines Gastes belauscht hat.«

»Also ist dein Bekannter ein Taxifahrer. Hat er denn diese Information genutzt, um Wertpapiere zu kaufen?«

»Ja, er fährt nur aushilfsweise. Ob er selbst diese Info schon genutzt hat, weiß ich nicht. Er hat mir nur davon erzählt. Wir wollten einige Aktien kaufen aber, ich hatte kein Geld dafür, deshalb habe ich das von Alex genommen um welche zu kaufen. Ich habe aber vorher schon alles verzockt. Also konnte ich keine Aktien kaufen.«

»Mein Gott bist du ein Idiot. Eigentlich müsstest du für deine Blödheit in den Knast, damit du endlich vernünftig wirst. Wenn ich das nur früher gewusst oder geahnt hätte.«

»Und was wird nun mit mir passieren?«

»Du meinst diese Sache mit deinem Bekannten? Soviel ich weiß, muss in solchen Fällen nachgewiesen werden, dass der Insider die Informationen vorsätzlich oder, in bestimmten Fällen zumindest leichtfertig, weitergegeben hat. Aber ich kenne einen Anwalt, der sich da viel besser auskennt als ich. Wie heißt dein Bekannter?«

»Muss ich das sagen?«

»Erik, soll ich dir nun helfen oder nicht?«

»Sein Name ist Stefan Zöggler.«

»Ich werde den Anwalt kontaktieren und ihn bitten sich mal umzuhören. Mehr können wir in dieser Sache vorläufig nicht tun. Was du unbedingt tun solltest, ist einer Therapie zuzustimmen. Alleine kommst du aus dem Schlamassel nicht mehr raus. Du brauchst professionelle Hilfe.«

»In Ottawa habe ich mich schon umgesehen und auch schon angemeldet.«

»Gut. Dann würde ich vorschlagen, dass du so lange hier in Kanada bleibst, bis wir wissen, was mein Kollege rausgefunden hat. Ob du die Therapie hier beginnst oder in Deutschland, das ist deine Entscheidung. Ich will nur, dass du die Spielerei beendest. Sonst wird es ganz schlimm für dich. Und das würde mir sehr leidtun. Bitte versprich mir, dass du alles daransetzen wirst, wieder der Erik zu sein, der du früher warst.«

»Ich verspreche es dir. Ich werde nie mehr zocken oder spielen.«

Lieke war erschöpft.

Das lange Reden und Zuhören hatte sie dermaßen angestrengt, dass ihre Stimme immer öfter versagte und sie Pausen einlegen musste.

Alexander war sehr besorgt um sie. Mittlerweile saß er auf der Sofakante und hielt ihre Hand.

»Jetzt reicht es. Es ist genug geredet worden. Ihr könnt euch später weiter unterhalten.«

Erik nickte und verließ das Zimmer.

Alexander saß noch so lange bei Lieke, bis sie endlich eingeschlafen war.

Einige Tage später, an einem Nachmittag, rief der befreundete Anwalt an.

»Hallo Lieke, schön wieder einmal etwas von dir gehört zu haben. Ich traue mich gar nicht zu fragen, wie es dir geht.«

»Hallo Bernd. Ich freue mich auch, dich zu hören. Wie soll es einer Todgeweihten schon gehen.

Aber lassen wir das. Was hast du herausbekommen?«

»Also, ich konnte zu dem Vorgang nichts herausfinden. Es sind keine Anzeigen eingegangen und auch keine Beschuldigungen gegen Herrn Zöggler. Seine Adresse habe ich ausfindig machen können und mit ihm auch telefoniert. Er versicherte mir, dass er nach dem Telefongespräch mit Herrn Boer keinen Eigennutz aus dem von ihm belauschten, besser gesagt, aus dem von ihm unbeabsichtigten Mithören des Gesprächs seines Fahrgastes, Kapital geschlagen hat.«

»Das heißt, dass mein Bruder nichts mit der Sache zu tun hat, und es auch zu keiner Anklage kommen wird?«

»Genau. Wie schon gesagt, hat Herr Zöggler kein Kapital daraus geschlagen. Er hat es einfach für sich behalten. Somit ist Herr Zöggler auch kein Beschuldigter.«

»Gott sei Dank. Da fällt mir ein Stein vom Herzen. Bernd, ich bedanke mich ganz herzlich bei dir. Wie du bemerkt hast, kann ich nicht mehr so flüssig reden. Es fällt mir immer schwerer, mich zu artikulieren. Mit dem Denken verhält es sich ebenso. Es wird für mich immer schwieriger.«

»Keine Ursache meine Liebe. Ich wünsche dir von ganzem Herzen alles Gute. Es tut mir so leid für dich. Grüße an Alex.«

»Es muss dir nichts leidtun. Das ist mein Leben. Da kann man nichts machen. Ich versuche, die letzten Monate mit Alex zu genießen. Viele Grüße an alle. Machs gut Bernd. Vielen Dank noch mal.«

Lieke legte auf, ohne die letzten Worte ihres Freundes abzuwarten. Bernd war ein Freund aus ihrem früheren Leben - als sie noch gesund war. Jetzt hatte sie nur noch ihren besten Freund und das ist ihr Alexander.

Nachdem sie sich etwas gefangen hatte, fuhr sie mit ihrem Rollstuhl auf die Terrasse, wo die beiden Männer saßen.

»Hast du telefoniert?«

»Ja.«

Alexander nickte und sah weiter auf den Fluss.

»Willst du gar nicht wissen, wer das war?«

»Du wirst es uns bestimmt sagen, sobald du willst«, sagte Alexander und grinste.

»Es war Bernd. Er hat mir berichtet, dass er nichts herausgefunden hat. Dieser ominöse Zöggler hat sein Wissen über das Telefongespräch seines Fahrgastes für sich behalten und hat es zum Glück nicht genutzt. Sonst wäre es bestimmt übel ausgegangen. Somit bist du, Erik, nicht belastet.«

»Das ist die tollste Nachricht seit Langem. Ich freue mich sehr darüber. Ich hatte schon Angst, er würde das ausnutzen«, sagte Erik und war erleichtert.

15

Es war mittlerweile Oktober geworden.

Die Temperatur war in den letzten Wochen um einiges gesunken.

Erik hatte sein Versprechen wahrgemacht und fuhr fleißig zur Therapie in eine Spezialklinik nach Ottawa.

Lieke ging es immer schlechter.

Sie aß und trank fast nichts mehr, konnte den Becher zum Trinken kaum noch halten und schlief fast ständig. Die Bettlägerigkeit war durch den Muskelschwund bedingt, den das Kortison verursachte.

Sie fand die Worte nicht mehr, die sie sprechen wollte.

Ihre Wortfindungsprobleme verstärkten sich zusehends. Wenn sie die jeweiligen Worte nicht mehr aussprechen konnte, oder diese nicht mehr aus ihrem Gedächtnis herauskramen konnte, verfiel sie ins Gestikulieren.

In einer Klinik in Ottawa war noch einmal eine MRT-Untersuchung durchgeführt worden, um ein Rezidiv möglichst früh zu erkennen.

Der Tumor war bereits so groß, dass er einen erhöhten Hirndruck verursachte.

Sie musste sich oft übergeben, und schlief fast nur noch.

Die Ärzte rieten auch von einer erneuten Operation ab. Sie würde sie nicht überleben.

Sie bekam weiter drei Mal pro Tag 8 mg Kortison.

Gegen ihre Schmerzen bekam sie Ibuprofen 600.

Ihre generalisierten Angststörungen wurden mit Pregabalin 150 etwas gelindert.

Alexander engagierte eine professionelle Pflegehilfe, Addison Tremblay

Er hatte mit ihr vereinbart, dass sie morgens und abends Lieke bei der Körperpflege hilft.

Das war eine große Erleichterung für ihn.

Die Ausflüge an den Fluss wurden weniger. So oft es aber möglich war und das Wetter es zuließ, setzten sie sich in Liekes Wachzeiten, dick in Decken eingewickelt, auf die Bank unten am Fluss.

Er versuchte sie zu unterhalten, indem er von allem Möglichen berichtete.

Sie hörte ihm gerne zu. Und wenn es ihr möglich war, beteiligte sie sich auch und sprach mit.

»Weißt du noch, als wir in Amsterdam bei meinen Eltern geheiratet haben? Als wir am Kaffeetisch saßen und Tante Aaltje eine Rede halten wollte und sie sich dabei verschluckte? So schlimm es für sie war, mussten alle lachen. Sie konnte nicht aufhören zu husten. Mein Vater ging zu ihr, um ihr mit der flachen Hand auf ihre Schulter zu klopfen. Sie schrie: „Hör auf, hör auf" und Papa lachte und schlug weiter. Irgendwann hatte sie sich beruhigt und konnte endlich ihre Rede halten. Es war so schön. Ich werde es niemals vergessen. Oder als wir nach Wiesbaden zogen - in das Haus deines Onkels. Wie stolz du warst, eine eigene Praxis zu haben. In so jungen Jahren. Auch als ich nach kurzer Zeit eine Anstellung in einer Anwaltspraxis bekam. Es war so schön.

Wir hatten so viel Glück. So viel Glück.«

Lieke hielt inne und weinte.

Alexander drückte sie an sich und wischte ihr die Tränen aus dem Gesicht.

»Ja, wir hatten in unserem Leben so viel Glück. Dafür bedanke ich mich bei dir. Du hast mich so sehr unterstützt. Ohne dich hätte ich es nie geschafft. Ich entschuldige mich auch für die traurigen Stunden, die ich dir bereitet habe. Wenn ich könnte, würde ich das ungeschehen machen, aber man kann die Zeit nicht zurückdrehen. Leider geht das nicht. Ich kann dich nur bitten, mir zu verzeihen.«

»Ich habe dir doch schon verziehen. Ich sagte dir, dass ich es nicht vergessen werde, aber verzeihen. Hast du das vergessen?«

»Nein, ich habe es nicht vergessen. Ich wollte es nur noch einmal von dir hören. Vielen Dank auch dafür.«

Es folgten Minuten der Stille.

Das rhythmische Klatschen der Wellen an das Ufer animierte Lieke eine Melodie zu summen.

»Weißt du, was ich, aber erst jetzt, stark vermisse?«, fragte Lieke und unterbrach ihr Summen.

»Was vermisst du denn?«

»Ich vermisse und es tut mir sehr leid, dass ich es nicht konnte, ein Kind …«

»Lieke, entschuldige, wir hatten uns doch versprochen, nie wieder das Thema anzusprechen«, unterbrach Alexander.

Doch Lieke ließ sich nicht unterbrechen.

Während sie auf die Wellen starrte, fuhr sie fort:

»In letzter Zeit denke ich sehr oft daran, wie es wäre, eine Tochter oder einen Sohn zu haben - oder vielleicht auch beides. Dann beginne ich an nachzurechnen, wie alt sie jetzt wären. Vielleicht dreißig, oder sogar älter? Was wäre aus ihnen geworden. Wäre unsere Tochter auch Rechtsanwältin oder Zahnärztin geworden? Oder vielleicht hätten sie ganz andere Berufe. Welchen Beruf hätte unser Sohn. Und welche Namen hätten wir ihnen gegeben? Für unser Mädchen hätte ich zu gerne den Namen meiner Großmutter gewählt. Für den Jungen den deines Vaters. Das hätte dir bestimmt gefallen. Es wäre doch schön, es zu wissen. Meinst du nicht auch?«

Alexander spürte plötzlich, wie eine innere Traurigkeit ihn umklammerte.

Da er eigentlich ein realistischerer Typ war, konnte er nicht sofort Lieke antworten.

Ein Kloß in seinem Hals hinderte ihn daran.

»Fühlst du nicht auch so wie ich?«, fuhr Lieke fort.

Er räusperte sich, küsste sie auf ihren Kopf und drückte sie an sich.

»Doch mein Schatz. Ich gebe zu, dass es ab und zu auch bei mir Stunden gab, wo ich mich gefragt habe, was wäre, wenn ... Aber wir hatten eben nicht das Glück. Es ist mühsam sich über diese Was-Wäre-Wenn-Frage zu quälen. Wir können sie nicht beantworten. Es sind hypothetische Fragen, zu denen ich dir leider keine Antworten geben kann.«

»Mein Gott Alex, vielen Dank, dass du mir eine kalte Dusche verpasst hast. Meine Emotionen sind eben zurzeit andere als noch vor ein paar Monaten. Ich denke halt sehr oft genau über dieses Was-Wäre-Wenn. Du weißt, dass ich emotional sehr aufgewühlt bin. Vielleicht ist meine Krankheit ein Grund dafür. Ich kann mich nicht zurückhalten zu denken. Ich denke laufend über das Hier und jetzt, über das Nachher und über die Vergangenheit nach. Dazu gehören auch meine Gedanken zu dem Verpassten.«

»Entschuldige Liebling. Es war blöd von mir. Natürlich hast du das recht darüber nachzudenken, aber damit tust du dir keinen Gefallen. Deine Emotionen lassen dir dann keinen Freiraum mehr ...«

Lieke war erzürnt und versuchte sich etwas aufrechter hinzusetzen.

Ihre Stimme wurde rauer und ihre Worte waren

unkontrolliert.

»Alex, lass es bitte. Ich kann mit dir nicht weiter darüber reden. Es hat keinen Zweck. Wirklich nicht!«

»Ich wollte dich nicht kränken. Verzeih mir. Einige deiner Meinungen kann ich verstehen. Aber nicht alle. Natürlich hätte ich auch gerne Kinder gehabt. Ich tröste mich damit, dass es einfach nicht so sein sollte. Damit habe ich mich abgefunden. Ich wollte lange Zeit nicht darüber nachdenken. Ich hätte es nicht verkraftet. Als wir damals unser Kind verloren haben, habe ich keinen Grund mehr gesehen, weiter zu leben. Dann dachte ich an dich, und habe mir geschworen, mich nie wieder mit diesen Gedanken zu quälen. Ich wäre sonst zu Grunde gegangen.«

Liekes Stimme wurde klarer und wieder verständlicher.

Ihre Emotionen liefen jetzt auf Hochtouren und sie sah ihn mit glühenden Augen an.

»Merkst du überhaupt, was du da von dir gibst? Du sagst immer ich, ich, ich. Was denkst du, was ich durchgemacht hatte. Meinst du, mir ist es leichtgefallen, mein Kind zu verlieren?! Meinst du, nur du hattest Selbstmordgedanken? Du weißt doch ganz genau, was ich damals getan habe. Ich war so verzweifelt, wie nur eine Frau verzweifelt sein kann, als der Arzt kam und uns mitteilte, dass wir unser Kind verloren hätten. Dann dachte ich an dich und an uns. Auch die Tatsache, dass wir keine Kinder bekommen könnten, ließ mich zum Trotz wieder rational denken. Es gab doch noch uns. Wir mussten das annehmen, was uns das Schicksal vorgesehen hatte. Verstehst du denn nicht, dass ich darüber nachdenken möchte. Genau das: Was-Wäre-Wenn. Es tut weh. Aber für mich ist es wie Medizin für meine Emotionen, die ich zuhauf habe.«

Alex wusste plötzlich, dass er übertrieben hatte.

So hätte er sich nie und nimmer ausdrücken dürfen.

Er hätte wissen müssen, in welcher Verfassung Lieke war. Es für sie wichtig war, über all das nachzudenken.

Nun versuchte er zurückzurudern.

»Es tut mir wirklich leid. Ich bin ein Idiot. Ich wollte dich nie und nimmer kränken. Ich weiß nicht, was in mich gefahren ist, und warum ich so unsensibel war. Ich unterstreiche jeden Satz und jede deiner Worte – vollends. Vielleicht, nein ich bin mir sicher, mich falsch ausgedrückt zu haben. Ich kann dich wirklich nur bitten mir zu verzeihen. Tust du das? Bitte.«

Lieke sah ihren Alexander lange an.

»Du weißt genau, dass ich dir nichts abschlagen kann. Ich hoffe nur, dass du verstanden hast wie und was ich fühle. Aber jetzt sollten wir uns über was Anderes unterhalten, wenn du möchtest.«

»Vielen Dank, Liebes. Ich fühle ja auch mit dir.«

Kaum hatte Alexander sein letztes Wort ausgesprochen schlief sie ein. Die Diskussion hatte ihr doch sehr zugesetzt. Bis zur Erschöpfung hatte sie mit ihm diskutiert.

Lange blieben sie so sitzen, bis Erik zur Einfahrt herein gefahren kam.

»He, ihr zwei.«

Alexander hielt seinen linken Zeigefinger auf seine Lippen.

»Oh, Entschuldigung«, flüsterte er.

»Sie ist gerade eingeschlafen. Wie geht es mit deiner Therapie?«

»Alles gut. Die Therapeutin ist sehr zufrieden. Zufällig habe ich einen jüngeren Mann getroffen, der mit dem gleichen Problem behaftet ist wie ich. Er besucht zusätzlich jede Woche eine Selbsthilfegruppe. Dort treffen sich anonym mehrere Männer und Frauen mit dem gleichen Problem. Sie sprechen miteinander und helfen sich gegenseitig. Ich habe meiner Therapeutin davon erzählt. Ich weiß, dass sie nicht ganz so begeistert davon war; aber sie hat es mir auch nicht ausgeredet. Also werde ich mich am Mittwoch nächster Woche dort anmelden. Mal sehen was passiert.«

»Ist doch eine gute Sache. Lieber etwas mehr als zu wenig. Wie geht es dir überhaupt? Vermisst du das Spielen? Merkst du, dass die Sucht dich erdrückt oder wie sieht es bei dir da drinnen aus? Ich weiß nur, als ich damals mit dem Rauchen aufgehört hatte, litt ich sehr. Ich hatte Halluzinationen. Mir ging es richtig schlecht. Erst nach langer Zeit besiegte ich den psychischen Druck und es ging mir besser. Die Sucht verschwand völlig. Du weißt aber auch, dass Spielsucht eine Krankheit ist, und dies professioneller Hilfe bedarf. Du solltest unbedingt bei deiner Therapeutin bleiben.«

»Es geht mir viel besser. Ich habe in den vielen Therapiestunden meine Spielsucht erkannt. Ich möchte, nein, ich will sie unbedingt besiegen. Natürlich werde ich nach wie vor zu meiner Therapeutin gehen. Auch wenn es mir richtig bessergehen sollte, werde ich sie noch sporadisch aufsuchen. Das geht doch klar.«

Kaum hatte Erik seinen letzten Satz ausgesprochen fuhr Addison Tremblay, die Pflegehilfe, vor das Haus.

Erik ging rasch zu ihr und bat sie, nach unten zum Fluss zu gehen.

Alexander setzte Lieke in den Rollstuhl.

Sie war kaum wach zu bekommen.

Sie bemerkte nichts und schlief im Rollstuhl weiter.

»Hallo Addison, schön Sie zu sehen. Meine Frau schläft noch.«

Sie fuhren Lieke ins Haus.

Dort übergab er Lieke in Addisons Obhut.

16

Lautes Klopfen an der Haustür ließ Alexander hochschrecken.

Schlaftrunken sah auf seine Uhr.

»Halb sechs. Welcher Idiot schlägt denn so laut gegen die Tür«, murmelte er und ging die Treppen hinunter zur Wohnungstür.

»Sind Sie Doktor?«, fauchte ein bulliger Mann im Näherkommen.

»Ja, wieso?«

»Los, rein mit ihm«, befahl dieser daraufhin zwei anderen Männern, die an einem Van standen.

Sie zogen einen Mann aus dem Van, und trugen ihn in das Haus.

»Was soll das? Wer ist das?«, rief Alexander ihnen aufgeregt zu.

»Wo soll er hin Boss?«, fragte einer der Träger.

»Wohin?«, gab er die Frage an Alexander weiter.

»Was ist denn hier los?«, fragte Erik, der hinzugestoßen war schlaftrunken.

Alexander war völlig perplex und stand mit offenen Mund im Eingangsbereich.

»Wohin?!«, schrie der Mann, den die anderen Burschen mit „Boss" angesprochen hatten.

»Wohin?«, stotterte der Hausherr.

»Tragt ihn in die Küche. Legt ihn dort auf den Tisch«, polterte der offensichtliche Chef der Truppe.

Sie schleppten die Gestalt in die Küche.

Der Boss fegte mit dem Arm die Blumenvase und das Obstkörbchen mit einem Wisch vom Tisch, dass es nur so krachte.

Die beiden legten den Verletzten auf den nun leeren Tisch.

Alexander und Erik sahen den leblosen Körper erschrocken an, der nun vor ihnen lag.

»Was soll das? Was wollt ihr von mir?«

»Blöde Frage«, fauchte der bullige Mann.

»Du musst ihn dir ansehen. Mach was.«

Alexander trat einen Schritt näher.

Der Mann auf dem Tisch schien bewusstlos zu sein.

Zumindest bewegte er sich nicht mehr und hielt seine Augen geschlossen.

»Was ist mit ihm?«, fragte Alexander.

Eine der Gestalten zeigte auf ein blutverschmier-tes Loch im T-Shirt des Verletzten.

»Er ist angeschossen worden. Hol die Kugel raus und nähe ihn wieder zu«, bellte der muskulöse Kerl.

»Angeschossen? Von wem? Ich bin doch nicht so ein Doktor, ich bin Zahnarzt.«

»Doktor ist Doktor. Stell nicht so viele Fragen. Fang an«, befahl der Boss und hielt Alexander eine Pistole vor die Nase.

Alexander wich erschrocken einen Schritt zurück.

Er streckte ihm seine beiden Arme abwehrend entgegen.

»Zefix«, sagte er erregt auf Bayerisch. In seiner Aufregung vergaß er, dass er in Kanada war.

Erik legte beruhigend seinen Arm auf die Schulter seines Schwagers.

»Alex, tu was er sagt, der schießt sonst«, flüsterte er auf Deutsch.

»Der wird schon nicht schießen, der blufft doch nur.«

Dass sich die beiden auf Deutsch unterhielten, passte dem Anführer überhaupt nicht.

»Was quatscht ihr da?«

»Sorry, kommt nicht wieder vor«, sagte Alexander auf Englisch und sah zu Erik.

»Ich habe noch meinen Arztkoffer, den ich aufgehoben habe. Er liegt im Büro im linken Schrank. Kannst du ihn bitte holen?«

Alexander hatte, bevor er Zahnmedizin absolvierte, ein Semester Humanmedizin studiert, und sich erst danach für den Beruf des Dentisten entschieden.

Das hatte er bisher noch keinem erzählt.

Erik lief in das Büro und kam mit dem Arztkoffer zurück.

Alexander kramte in seinem Koffer und murmelte vor sich hin.

»Erik, im Bad steht eine Flasche Desinfektionsmittel. Da steht „Desinfektion Forte" drauf. Bitte, bring sie mir und ein paar Handtücher.«

Erik sprang wieder hinauf zum Badezimmer und holte, worum Alexander ihn gebeten hatte.

In der Zwischenzeit untersuchte Alexander den Bewusstlosen.

Er schob das T-Shirt zur Seite und sah das blutige Loch.

Die Schusswunde lag unterhalb des Kugelgelenks der linken Schulter.

»Zieht ihm das Hemd aus«, wies er die zwei am Tisch an.

Einer der beiden nahm ein Messer aus der Hosentasche und schnitt kurzerhand das blutverschmierte Hemd auseinander.

Alexander ließ sie den leblosen Körper zur Seite drehen.

Er sah sich den Bewusstlosen genauer an und konnte nun feststellen, dass im linken Schulterblatt ein größeres Loch klaffte.

»Der Schuss ist durchgegangen. Ein glatter Durchschuss«, sagte er zum Anführer und deutete auf das Loch.

»Wie lange ist das her?«, fragte er ihn.

»Was meinst du?«

»Mei, wann wurde er angeschossen?«

»Vor etwa drei Stunden.«

»Vor drei Stunden«, wiederholte er, fast abwesend, während der weiteren Untersuchung.

Fast alle sahen ihm sehr interessiert zu. Der Boss vergaß sogar seine Pistole auf ihn zu richten.

Nur einer der muskulösen Typen konnte nicht zusehen und drehte sich zur Seite.

Alexander sah sich den Burschen sehr intensiv an.

Er traute sich aber nicht nach der Ursache der Schussverletzung zu fragen

»Der hat schon zu viel Blut verloren. Da kann ich hier nichts machen. Der gehört in ein Krankenhaus.«

»Quatsch nicht! Flicke ihn zusammen. Schau bloß zu, dass er am Leben bleibt. Sonst …«, sagte der Anführer, und ließ das Ende des Satzes offen.

Alexander schüttelte mit dem Kopf und versuchte mit sterilem Verbandsmaterial die Blutungen zu stillen.

Er hieß die beiden Bodyguards die Kompressen fest auf die Wunden zu pressen.

»Erik. Ich habe auch noch isotonische Kochsalzlösung in meinem schwarzen Medizinkoffer. Der steht ebenfalls im Büro auf dem Schrank. Bitte hole den ganzen Koffer herunter.«

»Für was hast du denn das alles?«

»Nicht für was, sondern für wen. Für Lieke natürlich. Ich habe Vorsorge getroffen, falls was passieren könnte. Mach schon. Hole den Koffer. Es eilt. Oder willst du, dass wir erschossen werden?«, sagte er wieder auf Deutsch und ignorierte den grimmigen Gesichtsausdruck des Bosses.

Erik beeilte sich so schnell er konnte und brachte den großen Koffer nach unten.

»Ist er das?«, fragte er keuchend.

»Ja.«

Alexander legte dem Bewusstlosen einen venösen Zugang mit der Kochsalzlösung an den Unterarm.

Die Infusionslösung hängte er an die Lampe, die über dem Tisch hing.

Danach sah er sich wieder das Einschussloch an und untersuchte, ob es frei von Schussresten war.

»Ich säubere jetzt das Loch. Dann versuche ich es zuzunähen«, teilte er dem gelangweilten Boss mit.

Alexander zitterte etwas, denn er war es nicht gewohnt, dass jemand mit einer Pistole neben ihm stand und diese ihm auch noch unter die Nase hielt.

Nach einer Weile hatte er es geschafft.

Die Wunde war geschlossen und steril verbunden.

»Dreht ihn zur Seite«, befahl er den beiden, die am Tisch standen.

Sie sahen ihren Boss an, worauf dieser kurz nickte.

Nun folgte das gleiche Prozedere wie an der Eingangswunde. Mit der Pinzette suchte er sehr vorsichtig nach Fremdkörper.

Die Suche dauerte so um das Vielfache.

Gewissenhaft und mit aller Präzision verschloss er auch diese Wunde.

Erst jetzt wagte er es, den Anführer der Bande kurz zu mustern.

Dieser machte ausnahmsweise eine zufriedene Miene.

»Fertig«, sagte Alexander und blickte in die Runde.

Plötzlich stellt er fest, dass Erik verschwunden war.

Eine innere Stimme riet ihm, sich nichts anmerken zu lassen.

Die Infusion mit der Kochsalzlösung war inzwischen durchgelaufen.

Alexander entfernte die Kanüle und klebte ein Pflaster auf den Einstich.

Der Boss trat einen Schritt auf Alexander zu, um ihm auf die Schulter zu klopfen.

»Gut gemacht. Und was machen wir jetzt mit dir?«

»Nothing, my friends«, sagte eine Stimme im Türrahmen.

Erik hielt eine Schrotflinte in der Hand und zielte auf den Kopf des Anführers.

Die beiden anderen zuckten zusammen und griffen an ihre Waffen, die sie hinter ihren Rücken in den Hosengürteln gesteckt hatten.

»He, he, nur cool bleiben. Keiner tut etwas«, sagte Alexander mit halblauten und ruhigen Worten.

»Wir haben überhaupt nicht vor, euch etwas anzutun. Ihr wisst, dass ich als Arzt einer Schweigepflicht unterliege. Also schnappt euch den Kerl hier und zieht Leine. Ist das cool für euch?«

Mit diesen Worten schob er Eriks Schrotflinte langsam nach unten.

Erik nickte, ließ sie aber nicht aus den Augen.

Die Flinte hielt er gesenkt.

Der Boss befahl seinen Jungs den immer noch bewusstlosen Kumpel zurück in den Van zu bringen.

»Wenn er innerhalb von einer Stunde noch immer nicht wach werden sollte, dann müsst ihr ihn in ein Krankenhaus bringen. Er hat einfach sehr viel Blut verloren«, sagte Alex mit leiser Stimme, während er dem Boss der Truppe offen in die Augen sah.

Der Anführer nickte und ging ebenfalls zum Van.

Alexander und Erik standen auf der Veranda und beobachteten, wie der Anführer im Heck des Fahrzeuges kramte und mit einem Beutel in der Hand zur Veranda zurückkehrte.

Erik wollte das Gewehr wieder in Anschlag nehmen, als Alexander ihn wieder stoppte und den Kopf schüttelte.

»Doc, ich bedanke mich für deine Hilfe«, brummte der Mann mit dem Beutel.

Und fuhr weiter fort:

»Aber eines solltest du wissen. Wenn ich erfahren sollte, dass du uns doch verpfiffen hast, dann komme ich wieder und ganz bestimmt nicht alleine. Hier in dem Beutel ist ein Dankeschön. Es ist sauber. Ihr müsst euch keine Gedanken darüber machen. Okay?«

»Ja, alles klar. Wir werden niemanden etwas davon erzählen. Das schwöre ich«, sagte Alexander und nahm den Beutel zögernd entgegen.

Die drei stiegen in den Van und fuhren davon.

»Mann, was war das denn? So was habe ich noch nie erlebt. Ich war schon so oft hier. Aber das? Ne, ne, ne …«, sagte Erik und schüttelte seinen Kopf.

Beide standen mit offen Mund auf der Veranda. Sie konnten es noch immer nicht fassen.

Alexander, der den Beutel fest in der Hand hielt, vom Stress gezeichnet, kam aus dem Staunen nicht mehr heraus.

»Himme, Oarsch und Woiknbruch! Da Deifi soi de hoin. Ich glaube, ich bin in einem falschen Film gelandet. Was war das denn?«, schimpfte Alexander.

»Ich dachte, dass die uns verarschen. Wie bei der einen Sendung. Wie hieß die schnell noch?«, fragte Erik.

»Die heißt glaube ich: „Verstehen Sie Spaß." Das habe ich zuerst auch gedacht.«

»Genau, so heißt sie. Was ist in dem Beutel?«, fragte Erik.

Alexander gab Erik den Beutel und setzte sich auf die Schaukel.

Erik öffnete den kleinen Sack.

»He. Das ist ja Geld.«

Er schüttet den Inhalt auf den Tisch.

Sie staunten nicht schlecht.

Ein Berg voller Kanada Dollars lag ausgebreitet vor ihnen.

Erik wühlte wie wild in den Scheinen.

»Das können wir nicht behalten. Das müssen wir abgeben«, stellte Alexander fest.

»Abgeben? Wem willst du das Geld abgeben? Der Polizei vielleicht? Die werden dich fragen, woher du das hast. Und was sagst du denen? Darauf hast du keine Antwort. Du kannst es nicht abgeben. Da bin ich voll dagegen. Du hast diesen Kerl versorgt. Dieser Oberbursche hat dir gesagt, dass du niemanden etwas davon erzählen sollst. Sonst …«

»Ja, ist ja gut. Du hast ja recht. Was könnten wir der Polizei schon sagen. Nichts. Wir wissen ja nicht einmal wie die heißen. Und wie sahen die Kerle eigentlich aus? Vor lauter Stress kann ich mich nur vage an ihre Gesichter erinnern. Wie viel Geld ist es denn?«

Es waren viele Päckchen in 1000er Bündel.

Beide zählten Bündel für Bündel.

»Himme, Oarsch und Zwian! Das ist ja ein Wahnsinn. Das sind ja weit mehr als 300.000 US Dollar«, zählte Alexander.

»Was können wir mit so viel Geld alles anfangen?«

»Das können wir nicht behalten«, intervenierte wieder Alexander.

»Fängst du schon wieder an?«

»Ich will davon nichts. Nein, gar nichts. Du kannst alles haben. Nimm es.«

»Alex, das sind ja über 250.000 Euro. Ich kann das auch nicht annehmen. Du warst es, der ihnen geholfen hat.«

»Dann verbrenne es einfach.«

»Das mach ich dann doch nicht.«

»Einverstanden. Dann behalt es.«

»Wie lange willst du das Spielchen noch treiben?«

»Doch Erik, behalte das Geld, du kannst es gut gebrauchen. Ich brauche kein zusätzliches Geld. Das, was Lieke und ich haben, reicht uns bis an unser Lebensende.«

»Gut. Wenn du willst, dann behalte ich es. Ich danke dir dafür. Ich kann es wirklich gut gebrauchen. Damit kann ich dir dein Geld wieder zurückgeben.«

»Nein, das ist schon in Ordnung. Du bist mir nichts schuldig. Ich freue mich, dass du dein Leben neu geordnet hast. Das Geld ist für deinen Neubeginn.«

Erik ging auf Alexander zu, hob ihn aus der Schaukel und umarmte ihn fest, sehr fest. Erik war größer und viel kräftiger als sein Schwager. Deshalb konnte er seinen Freund mühelos aus der Schaukel heben.

Mittlerweile war es schon gegen acht Uhr und seine

Lieke hatte von der ganzen Aufregung nichts mitbekommen.

Addison war gerade zum Frühdienst angetreten. Sie sah die beiden auf der Veranda sitzen und winkte ihnen zu.

»Steck das Geld weg«, zischte Alexander hektisch.

Erik ließ es sich nicht zweimal sagen. Mit schnellen Hangriffen verstaute er das Geld in den Beutel.

»Hallo, Addison. Ich glaube Lieke schläft noch.«

»Ich schau sofort nach ihr, Alexander.«

»Komm Erik, gehen wir das Frühstück vorbereiten. Wenn Lieke kommt, können wir frühstücken.«

Die beiden Freunde, die sich nach diesem Erlebnis noch enger miteinander verbunden fühlten, machten sich an die Arbeit.

Irgendwie waren sie gut gelaunt, ach was, sie waren in bester Laune.

Erik ging in das Wohnzimmer, machte das Radio an. Stellte Liekes Lieblingssender „Nostalgia Radio" ein.

Dort gab es rund um die Uhr nostalgische Hits.

Mit diesen Liedern konnten sie mitsingen und hatten Spaß.

Auch Lieke wippte zu den Melodien immer mit ihren Händen mit, und fühlte sich glücklich dabei.

Soweit sie es noch konnte.

Die Musik drang durch das ganze Haus, und die Hits beflügelte sie die negativen Dinge zu verdrängen.

Endlich kam Lieke mit dem Treppenlift nach unten.

Alexander und Addison halfen ihr in den Rollstuhl.

»Hallo, Liebling, wie geht es dir? Hast du gut geschlafen?«

Lieke nickte. Heute Morgen war sie viel wacher und hatte einen klaren Blick.

»Hast du Schmerzen?«

»Nein. Alles ist gut.«

»Ich habe ihr Tramadol intravenös gegeben«, sagte die Pflegerin.

Addison überwachte die Einnahmen der Medikamente. Dieses Medikament linderte ihre Schmerzen.

»Schön, dass du heute wieder mal mit uns frühstücken kannst«, freute sich Erik.

In letzter Zeit war Lieke bereits zu schwach, um im Rollstuhl zu sitzen.

Heute war es ganz anders.

Heute war sie stark wie selten zuvor.

Alle freuten sich.

Alexander und Erik bedienten beide Frauen und Addison gab Lieke Stück für Stück und Schluck für Schluck das Frühstück. Viel konnte sie nicht mehr vertragen. Wenn sie eine kleine Ecke von einem Sandwich gegessen hatte, konnte sie schon nicht mehr.

Jeder der Anwesenden merkte, dass es mit Lieke langsam zu Ende ging.

Auch wenn sie alle in Liekes Gegenwart nur Positives ausstrahlten, wussten sie, dass sie ihr nichts vormachen konnten.

Sie wusste genau, was mit ihr passiert.

Nach dem Frühstück legten sie die mittlerweile Schwerkranke wieder in ihr Bett. Sie schlief schon während des Transportes ein.

Addison verabschiedete sich und wünschte allen einen schönen sonnigen Tag.

»Alexander, rufen Sie mich bitte gleich an, wenn es Lieke schlechter geht. Ich komme dann sofort.«

»Alles klar, Addison, schönen Tag.«

»Alex, was machst du heute früh?«, wollte Erik wissen.

»Ich weiß noch nicht. Vielleicht gehe ich an den Fluss um zu lesen. Und du?«

»Heute ist doch wieder Therapiestunde. In einer halben Stunde muss ich fahren.«

»Hast du das Geld weggesteckt?«

»Ja. Es ist im Safe.«

»Gut, dann ist ja alles geregelt.«

»Vergiss das Babyphone nicht, wenn du an den Fluss gehst.«

»Nein, natürlich nicht.«

»Ich geh jetzt duschen und dann hau ich ab. Bis dann mein Freund.«

»Bis dann, Erik.«

Alexander nahm ein Buch und seinen Laptop unter den Arm und ging zur Bank an den Fluss.

Er surfte etwas im Internet.

Wie immer gab es nur ein Thema für ihn.

Er wollte alles über das verfluchte Glioblastom wissen.

Wie oft hatte er das Internet nach den einschlägigen Seiten durchforstet.

Immer und immer wieder las er die gleichen Artikel und Erlebnisse und Erfahrungsberichte von Patienten, die mehr als einem Jahr mit der Krankheit gelebt hatten.

Die Verzweiflung ließ ihn nicht aufhören.

Oft dachte er sich „Du musst damit aufhören, sonst wirst du noch verrückt".

Es war ihm egal.

Er musste suchen, suchen und abermals suchen.

Zuerst hatte er das Geräusch aus dem Babyphone nicht wahrgenommen.

Ein winziger heller Schrei ließ ihn hochfahren.

Er rannte in das Haus und hoch in das Schlafzimmer, um nach ihr zu sehen.

Lieke sah ihn traurig an und bewegte ihren Mund.

»Fluss. Bank«, sagte sie kaum vernehmbar.

»Was meinst du Liebling?«, fragte Alexander und hielt sein Ohr an Liekes Mund.

»Fluss. Bank«, wiederholte sie.

»Liebling, du willst an den Fluss? Unten an den Fluss. Ja?«

Lieke nickte und Alexander konnte seine Freude kaum zurückhalten.

»Sie hat wieder gesprochen.«

Er holte Liekes Morgenmantel und eine dicke Decke.

Zog ihn ihr an, umwickelte sie mit der Decke und brachte sie danach langsam und liebevoll zum Fluss.

Inzwischen war sie leicht wie eine Feder geworden.

Sie schmiegte ihre dürren Arme um seinen Hals.

Am Fluss angekommen, setzte er sich mit ihr im Arm auf die Bank; an ihrem Fluss unten am Haus.

Sie sahen schweigend auf ihren Fluss, in die Weite.

Lieke lag halb auf der Bank fest in seinen Armen.

»Weißt du noch, was du mal zu mir gesagt hast: „Es gibt zwei Arten von Menschen. Die einen suchen immer das Vergnügen und die anderen sind vom Schmerz getrieben.

Schmerz, der nur zu erleiden ist, durch die Liebe des anderen."«

Lieke nickte und versuchte Alexanders Hand etwas fester zu greifen.

»Das fand ich so schön, dass ich jeden Tag daran denken muss.«

Alexander hielt Lieke fest in seinem Arm und weinte.

»Du musst nicht weinen«, hauchte sie kaum vernehmbar.

 »Wir werden uns im nächsten Leben ganz bestimmt wiedersehen.«

»Ich liebe dich und ich will nicht, dass du gehst. Bitte bleib bei mir«, schluchzte Alexander.

»Wir sehen uns. Ganz bestimmt.«

Es waren ihre letzten Worte.

Danach schloss Lieke ihre Augen.

Ein tiefes Ausatmen ließ ihn zusammenzucken.

Sie war tot.

Seine Lieke.

Sie starb am 24. Oktober 2016.

Lebe wohl

Lebe wohl meine Liebe

meine Freundin,

mein Schatz,

mein Kumpel,

meine große Liebe,

dies ist ein Abschied für immer.

(Hansjürgen Wölfinger)

Meine Frau sagte immer:

„Es gibt zwei Arten von Menschen. Die einen suchen immer das Vergnügen und die anderen sind vom Schmerz getrieben. Schmerz, der nur zu erleiden ist, durch die Liebe des anderen."

Irgendwann kommt der Punkt, an dem man akzeptieren muss, dass es kein Happy End geben wird.

Dass man sein Glück nicht erzwingen kann. Manchmal muss man aufgeben. Nicht, weil man schwach ist, sondern weil das Ziel der Gesundung nicht eintreten wird.

Das Leben ist kein Wunschkonzert.

Man kann sich die Lebensmelodie nicht aussuchen, man muss sie so akzeptieren, wie sie abgespielt wird.

Man kann es versuchen, klar, da spricht nichts dagegen, aber irgendwann muss man dann eben auch einsehen, dass es aussichtslos ist.

Irgendwann muss man loslassen.

Ich weine und weine
und meine
ein Meer voller Tränen
in mir zu haben.

(Hansjürgen Wölfinger)

Weitere Veröffentlichungen des Autors

Erstes Buch der Trilogie **Der Journalist**

„Himmel der armen Seelen"

ISBN:

978-3-7323-0384-7 (Paperback)

978-3-7323-0385-4 (Hardcover)

978-3-7323-0386-1 (e-Book)

Zweites Buch der Trilogie **Der Journalist**

„Der Todesbaum"

ISBN:

978-3-7323-6388-9 (Paperback)

978-3-7323-6389-6 (Hardcover)

978-3-7323-6399-5 (e-Book)

Drittes Buch der Trilogie **Der Journalist**

„Nur ein Flügelschlag"

ISBN:

978-3-7439-2232-7 (Paperback)

978-3-7439-2233-4 (Hardcover)

978-3-7439-2234-1 (e-Book)

Gedichte- und Kurzgeschichtenband
„Worte für die Seele"

ISBN:

978-3-7323-0209-3 (Paperback)

978-3-7323-0210-9 (Hardcover)

978-3-7323-0211-6 (e-Book)

Kinderbuch

Emma und der kleine Drache

ISBN:

978-3-7345-5681-4 (Paperback)

978-3-7345-5682-1 (Hardcover)

978-3-7345-5683-8 (e-book)

Zeitfracht Medien GmbH
Ferdinand-Jühlke-Straße 7
99095 Erfurt, Deutschland
produktsicherheit@kolibri360.de